文春文庫

異《い》変《へん》ありや

空也十番勝負（六）

佐伯泰英

文藝春秋

目次

「空也十番勝負」

主な登場人物

坂《さか》崎《ざき》空《くう》也《や》　江戸神保小路にある直心影流尚武館道場の主、坂崎磐音の嫡子。父の故郷・豊後関前藩から、十六歳の夏に武者修行の旅に出る。

渋《しぶ》谷《や》重《しげ》兼《かね》　薩摩藩八代目藩主島《しま》津《づ》重《しげ》豪《ひで》の元御側御用。

渋《しぶ》谷《や》眉《まゆ》月《つき》　重兼の孫娘。江戸の薩摩藩邸で育つ。

薬《やく》丸《まる》新《しん》蔵《ぞう》　薩摩藩領内加治木の薬丸道場から、武名を挙げようと江戸へ向かった野太刀流の若き剣術家。

高《たか》木《ぎ》麻《ま》衣《い》　長崎会所の密偵。

鵜《う》飼《かい》寅《とら》吉《きち》　長崎奉行所の密偵。

李《り》遜《そん》督《とく》　高麗の剣術家。父は李《り》智《ち》幹《かん》。

坂《さか》崎《ざき》磐《いわ》音《ね》　空也の父。故郷を捨てざるを得ない運命に翻弄され、江戸で浪人となるが、剣術の師で尚武館道場の主だった佐々木玲圓《ささきれいえん》の養子となる。

おこん
空也の母。下町育ちだが、両替商・今津屋での奉公を経て磐音の妻となる。

睦月《むつき》
空也の妹。

中川英次郎《なかがわえいじろう》
勘定奉行中川飛驒守忠英《ただてる》の次男。睦月の夫。

霧子《きりこ》
姥捨の郷で育った元雑賀衆の女忍。夫は尚武館道場の師範代格である重富利次郎《しげとみとしじろう》。

奈緒《なお》
磐音の元許婚。吉原で花魁《おいらん》・白鶴《はっかく》となり、山形の紅花商人に落籍される。死別後、江戸で「最上紅花前田屋」を開く。関前で紅花栽培も行う。

小田平助《おだへいすけ》
尚武館道場の客分。槍折れの達人。

品川柳次郎《しながわりゅうじろう》
尚武館道場に出入りする磐音の友人。母は幾代。

竹村武左衛門《たけむらぶざえもん》
尚武館道場に出入りする磐音の友人。陸奥《むつ》磐城平《いわきたいら》藩下屋敷の門番。

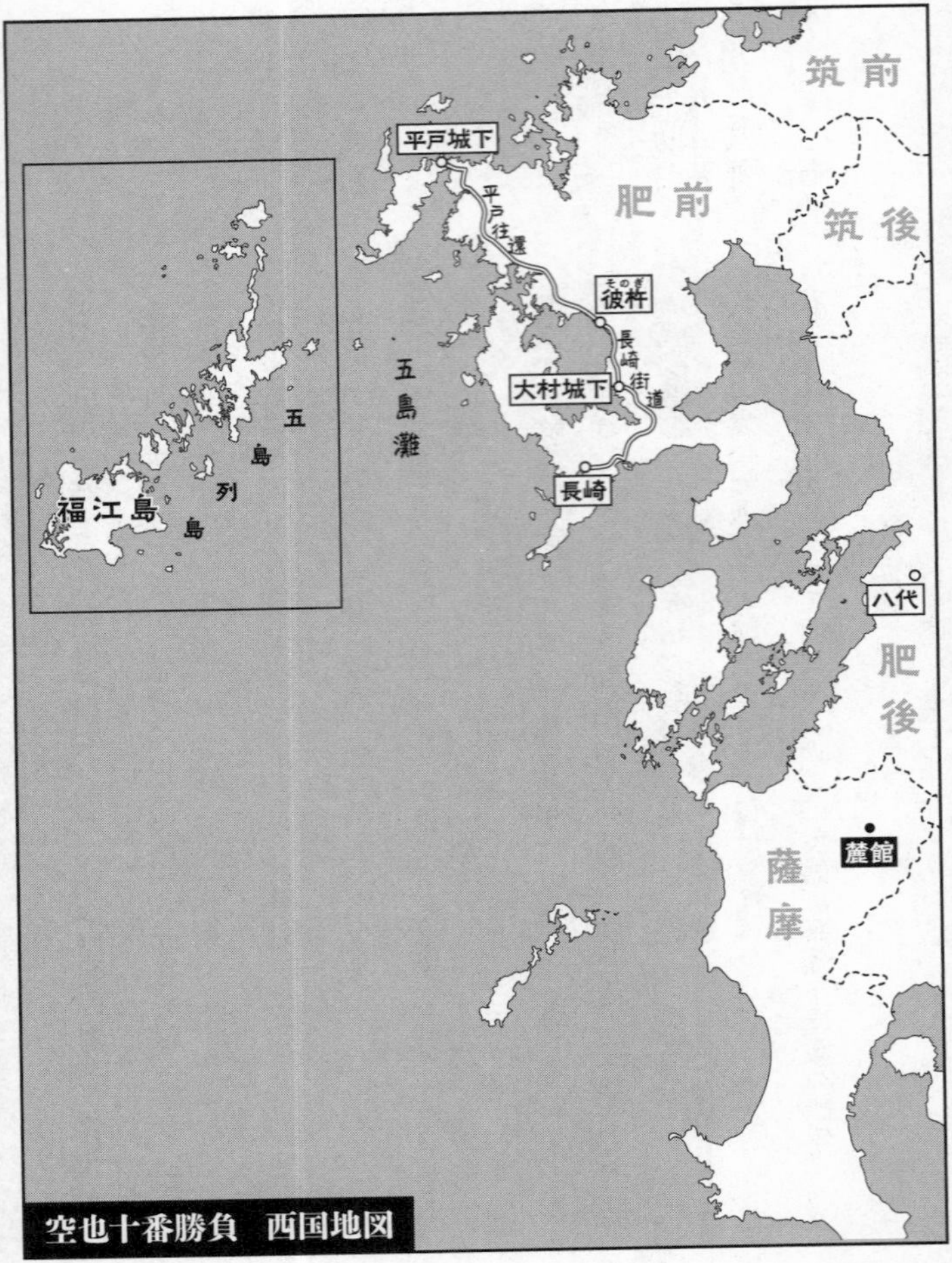

空也十番勝負　西国地図

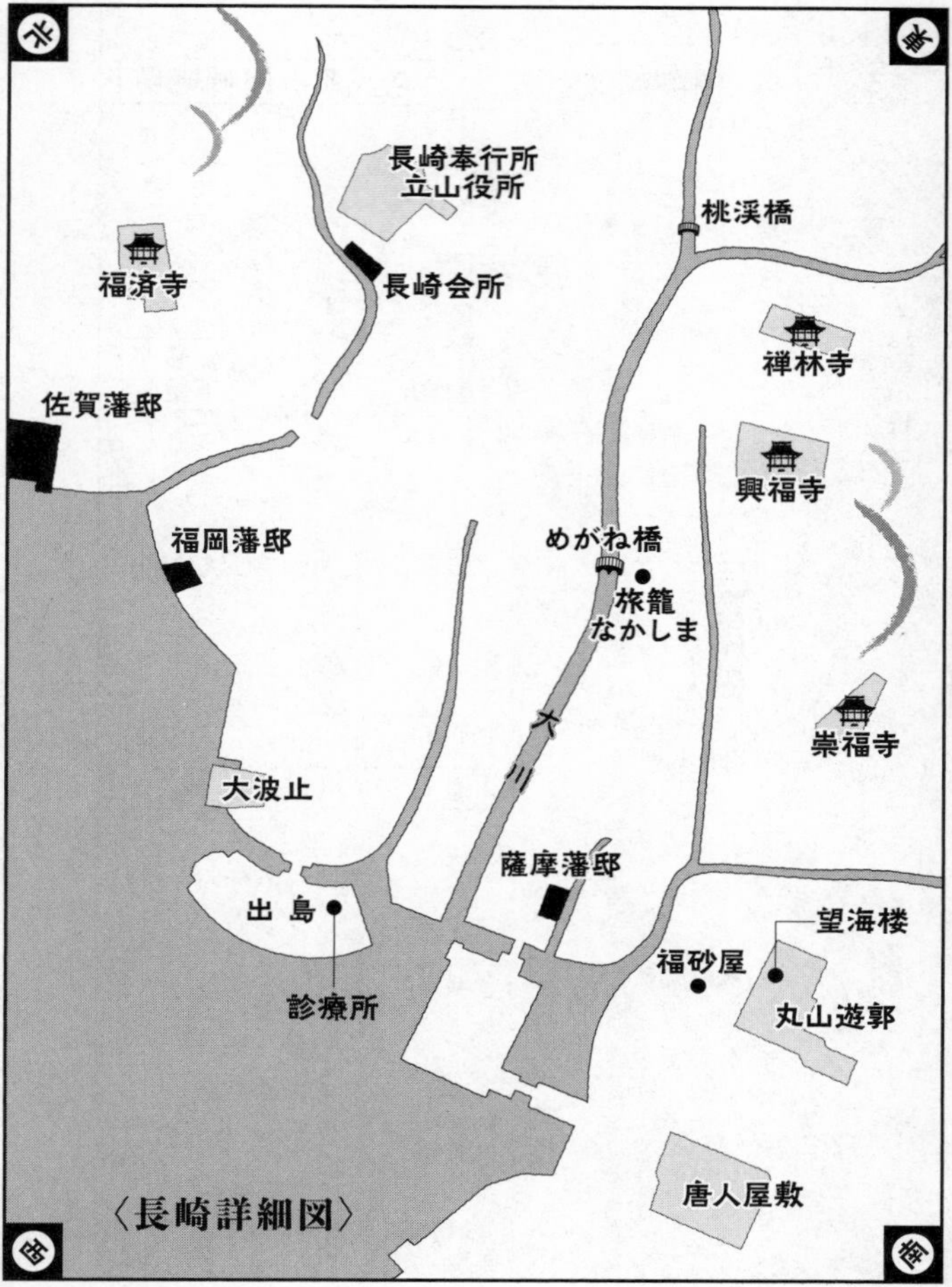
北
東
西
南
長崎奉行所
立山役所
桃渓橋
福済寺
長崎会所
禅林寺
佐賀藩邸
興福寺
福岡藩邸
めがね橋
旅籠
なかしま
大川
崇福寺
大波止
薩摩藩邸
出島
望海楼
福砂屋
診療所
丸山遊郭
唐人屋敷
〈長崎詳細図〉

東叡山
寛永寺
新吉原
山谷堀
尚武館小梅村道場
竹屋ノ渡し
向島
浅草
待乳山
聖天社
忍ケ岡
上野
下谷車坂町
三囲稲荷
今戸橋
不忍池
浅草寺
花川戸町
田原町
新堀川
小梅村
常泉寺
下谷広小路
新寺町通り
源森川
安藤家
下屋敷
浅草広小路
吾妻橋
業平橋
湯島天神
御厩河岸ノ渡し
品川家
十間川
首尾の松
北割下水
吉岡町
法恩寺橋
今津屋
本所
天神橋
和泉橋
新シ橋
石原橋
筋違橋御門
浅草御門
南割下水
柳原土手
両国橋
入江町
横川
小伝馬町
回向院
竪川
松井橋
薬研堀
大川
鰻処宮戸川
一石橋
浮世小路
六間堀
新高橋
魚河岸
猿子橋
鎧河岸
小名木川
日本橋
新大橋
呉服町
日本橋川
万年橋
霊巌寺
鎧ノ渡し
深川
永久橋
金兵衛長屋
砂村新田
亀島橋
楓川
佐賀町
霊岸島
八丁堀
仙台堀
永代橋
永代寺
鉄砲洲
富岡八幡宮
佃島
越中島
堺橋

空也十番勝負　江戸地図

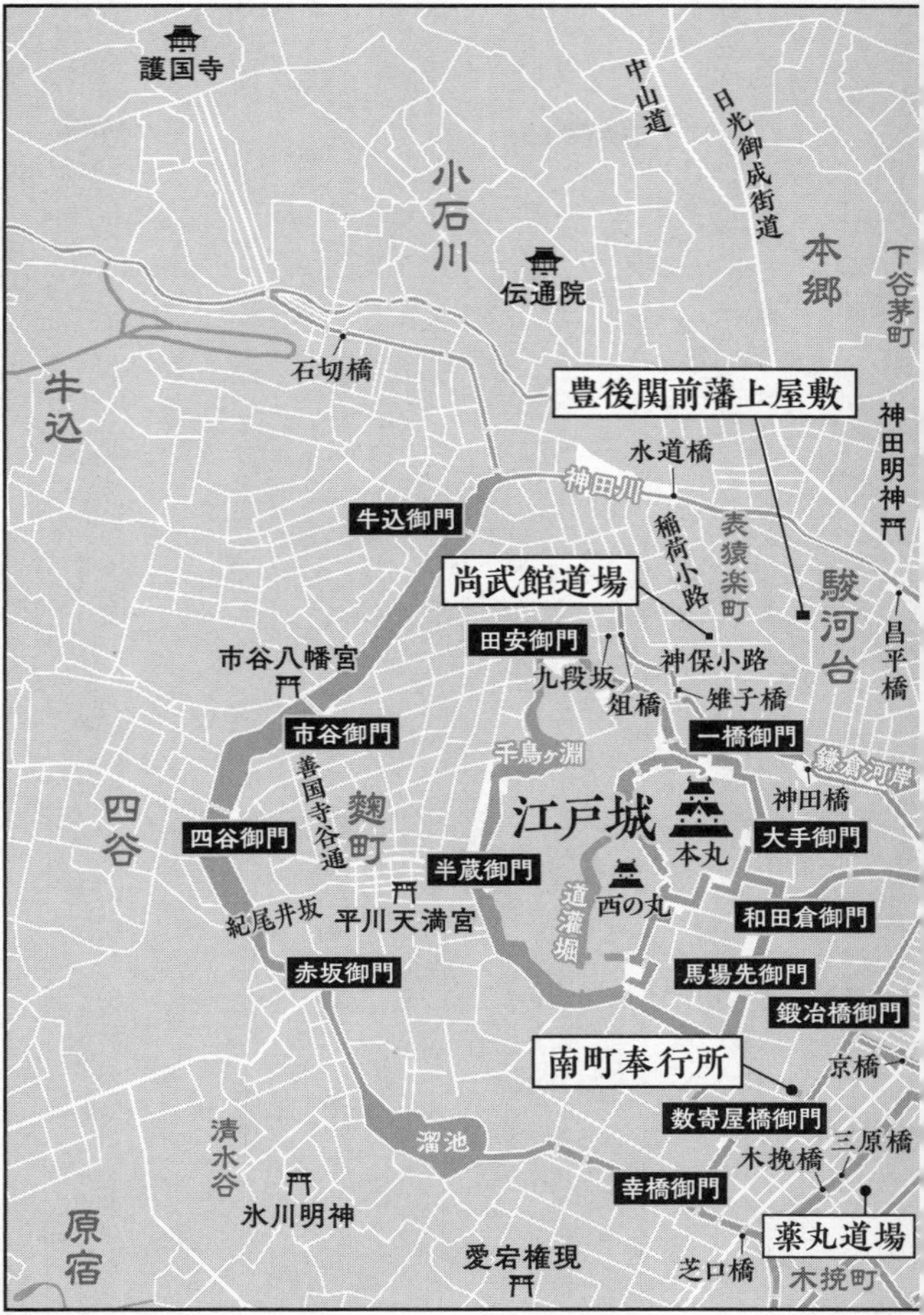
護国寺
中山道
日光御成街道
小石川
伝通院
本郷
下谷茅町
石切橋
牛込
豊後関前藩上屋敷
神田明神
水道橋
神田川
牛込御門
稲荷小路
表猿楽町
尚武館道場
駿河台
昌平橋
田安御門
市谷八幡宮
神保小路
九段坂
俎橋
雉子橋
市谷御門
一橋御門
千鳥ヶ淵
鎌倉河岸
善国寺谷通
麹町
神田橋
四谷
江戸城
本丸
四谷御門
大手御門
半蔵御門
西の丸
道灌堀
紀尾井坂
平川天満宮
和田倉御門
赤坂御門
馬場先御門
鍛冶橋御門
南町奉行所
京橋
数寄屋橋御門
清水谷
溜池
三原橋
木挽橋
幸橋御門
氷川明神
原宿
薬丸道場
愛宕権現
芝口橋
木挽町

この作品は文春文庫のために書き下ろされたものです。

編集協力　澤島優子
地図制作　木村弥世

異変ありや

空也十番勝負（六）

序章

中川飛驒守忠英《なかがわひだのかみただてる》は、寛政《かんせい》九年（一七九七）二月、勘定《かんじょう》奉行に補職した。前職は長崎《ながさき》奉行として長崎在住二年に及び、江戸に帰任した。

中川忠英が勘定奉行に就《つ》いた翌年の寛政十年師走《しわす》吉日、直心影《じきしんかげ》流尚武館《しょうぶかん》道場主、坂崎磐音《さかざきいわね》の息女睦月《むつき》と次男の英次郎《えいじろう》が祝言《しゅうげん》を上げることになった。

父親は次男から「官営道場」と称される尚武館道場の息女と婚姻したいと初めて聞いたとき、英次郎が尚武館の剣術家として務まるだろうかと不安を抱いた。

中川家は文の家系だ。それに対して尚武館道場主の坂崎家は武の家系だった。さりながら睦月の母親は町人の出であった。

坂崎磐音とおこんには、尚武館の跡継ぎとなるはずの嫡男《ちゃくなん》の空也《くうや》がいる。

この空也は、寛政七年夏、わずか十六歳の折り、豊後関前《ぶんごせきまえ》藩から武者修行に出ていた。なんと行き先は国境を越えるのがどこの国よりも厳しい薩摩《さつま》藩鹿児島《かごしま》だという。

空也は、身を捨てて薩摩に入った。一度は空也の死の知らせが江戸に届き、弔《とむら》いの仕度をしたこともあった。

一年九月の滞在で、空也は薩摩の御家流儀東郷示現《とうごうじげん》流と同根の野太刀《のだち》流を修行した。もしも未だ武者修行中の空也が身罷《みまか》ったとしたら、妹の睦月は坂崎磐音とおこんのただひとりの身内になる。そのような睦月と英次郎が婚姻するということは、坂崎家に婿《むこ》入りして尚武館を継ぐことも考えられるのではないか。

英次郎が天下に剣術家として名を馳せた睦月の義祖父佐々木《ささき》玲圓《れいえん》や父親の坂崎磐音の跡継ぎたりうるか、と忠英は案じて、

「その覚悟と技量があるやなしや」

と英次郎に質《ただ》した。

「父上、それがし、到底坂崎空也どのの代わりを務めるなどできません。睦月様と祝言を上げたとしても中川姓のままでよいと師匠であり舅《しゅうと》となる坂崎磐音様が申されました。父上、それがしはそれがしなりの直心影流を極め、尚武館の発展に門弟のひとりとして微力を尽くすのみです。このことも師匠も姑《しゅうとめ》のおこん様も得心しておられます」

と言い切ったのだ。

「英次郎、空也どのは未だ西国長崎に滞在して武者修行を続けておられるそうだな」

忠英は話柄を変えた。その言外に空也の武者修行には死を伴ったものだと次男に告げていた。

「はい。父上が赴任しておられた長崎にて、今も薩摩藩の示現流の高弟酒匂兵衛《さこうひょうえ》入道《にゅうどう》一族と死闘を続けておられます」

「坂崎家ただ一人《いちにん》の跡継ぎたる空也どのに万が一のことがあった場合、そなた、坂崎家を支えられるか」

「父上、最前お答えしました。睦月様はそれがしの嫁になるのです。それがしが直心影流尚武館道場の跡継ぎになることはございません」

「神保小路の母屋と結ばれた離れ屋に住むのであったな」

「はい。空也どのが無事神保小路《じんぼうこうじ》に戻って参られるまで両親の傍《かたわ》らにいたいというのが睦月様の願いです」

と答えた英次郎は、

「父上、空也どのは必ずや武者修行を果たし、尚武館に戻って参られます。それまでそれがしは睦月様や両親、師匠夫婦の気持ちの支えとなって微力を尽くします」

と言い添えた。

そんな会話があったあと、忠英は次男英次郎と坂崎睦月の婚姻を承諾した。

中川英次郎と睦月の祝言は、内々で行うとの両家の願いであった。

だが、尚武館道場には何百人もの門弟がいるのだ。そのうえ、坂崎家の付き合いは御三家を始めとした武家方のみならず両替商六百軒を束ねる両替屋行司《ぎょうじ》の今《いま》津屋《づや》を始めとした商人や御典医の桂川甫周《かつらがわほしゅう》と多彩な付き合いがあり、相手方の勘定奉行中川家の人脈も伴って、広々とした尚武館道場を使い、なんとも賑《にぎ》やかな祝言になった。

そんな晴れがましい日から数日後、中川睦月はうなされて目を覚ました。

「どうした、睦月」

と英次郎に揺り起こされた睦月は、しばし無言で震えていた。

「夢を見たか」

「英次郎様、夢ではありません」

「では、なんだな」

英次郎は坂崎家の身内が敏感に気遣いしていることが嫡男の空也の安否だと、同じ屋敷に住むようになって、門弟時代よりもひしひしと察するようになった。

「兄上が」

「空也どのがどうされたというのか」

しばし沈黙していた睦月が、

「やはり夢でした、英次郎様」

と呟《つぶや》き、未だ身を震わす睦月を英次郎は両腕に優しく抱いた。

その翌日、英次郎は稽古《けいこ》のあと、中川家に戻り、父親の忠英と面会した。

「どうした、英次郎。早くも坂崎家から戻されたか」

とふだんは冗談ひとつ言わない父が英次郎の険しい顔を見て問うた。

「父上は長崎のことをとくと承知ですね」

「長崎奉行が前職ゆえ、いくらかは承知だ」

英次郎は父が勘定奉行の傍ら、清国《しんこく》の風俗を絵図を交じえて解説した全六冊十三巻に及ぶ『清俗紀聞《しんぞくきぶん》』の刊行を準備していることを承知していた。歴代の長崎奉行のだれよりも深い愛着を長崎に感じ、今も長崎で知り合った人脈と連絡《つなぎ》を取り合っていた。

「なんぞあったか、正直に話してみよ」

「昨夜、睦月が激しくうなされておりました。それがしが正気にさせようと揺り起こし、夢を見たかと問うと、兄上が、と洩《も》らしただけで、あとは『やはり夢でした』と答えたのみでした」

「坂崎空也どのの身になにか起こったと思われるか」

「と、それがしは考えました」

「坂崎家の懸念は武者修行中の空也どののことしかあるまい。長崎に滞在中と聞いておるが、父が長崎に連絡《つなぎ》をとってみようか」

元長崎奉行にして勘定奉行を務める父ならば、だれよりも早く肥前《ひぜん》長崎にいる坂崎空也の様子が分かるはずだ。このことは師匠であり舅でもある坂崎磐音にも睦月にも断っていなかった。それでも、

「父上、お願い申します」

と英次郎は頭を下げた。

第一章　姉と弟

一

元長崎奉行が長崎の知人に宛てた書状の返信が届く前に、一通の文が長崎から尚武館の坂崎磐音宛に届いた。

差出人は長崎会所《かいしょ》の高木麻衣《たかぎまい》という女性からだった。磐音はこの女性が何者か、眉月《まゆつき》から聞いて承知していた。

磐音は仏壇に上げて合掌したあと、独り書状を黙読した。その場におこんのみがいた。

しばし沈思《ちんし》していた磐音は、

「英次郎どのと睦月を呼んでくれぬか」

と願った。

おこんは長崎からの文が空也の生死のどちらかを告げるものだと承知していた。

だが、亭主に静かに頷《うなず》くと仏間を出ていった。

磐音は仏間に籠り、瞑目《めいもく》した。

どれほどの時が流れたのか。

「おまえ様、わが身内のふたりがこちらに控えておりまする」

とおこんが、感情を必死に抑えた声で言った。

「そちらに参る」

磐音は返事をすると、両眼を見開いて隣座敷への襖《ふすま》を開いた。

睦月が無言のまま父の顔を見た。長崎会所から書状が届いたことをどう考えるべきか悩んだ表情であった。

磐音は三人の前に座すと、

「長崎から書状が参った。差出人の高木麻衣様は長崎会所の町年寄《まちどしより》にして会所調《しらべ》役《やく》、高木籐左衛門《とうざえもん》様の姪御《めいご》である。空也が五島《ごとう》藩の島々を巡っておる折りに知り合い、長崎でも世話になっているお方だ。そなたらも眉月様より聞いて承知じゃな。長崎会所はオランダと清国からの交易をすべて取り扱っておる、公儀の異国交易の窓口というてよい組織だ。長崎の町年寄は大名並みと言いたいが、財力ではまるで違う」

と書状の差出人の女衆《おんなし》の身分を改めて身内に説明したあと、しばし間を置いた。

「おまえ様」

とおこんが先を催促した。

「うむ、麻衣どのの書状によると、薩摩の示現流の高弟であった酒匂兵衛入道様の嫡男太郎兵衛《たろうひょうえ》様と空也が聖寿山崇福寺《しょうじゅさんそうふくじ》なる唐寺《とうでら》の大雄宝殿《だいゆうほうでん》で勝負に及んだそうな」

「ああー」

おこんは予測していた事態が当たったことに、小さな悲鳴で応じた。

「それがし、十数日前の夜、この勝負を察しておった。おそらくその折りに、空也と太郎兵衛様とが勝負に及んだと思われる」

その言葉を聞いた英次郎が睦月を見て、必死に耐えているその手をとった。睦月もまたその夜にこの勝負を察していたことになる。

「勝負じゃが、空也の一撃が太郎兵衛様の首筋を断ち切り、太郎兵衛様の刃が空也の胴を見舞ったとある」

「相打ちですか、父上」

と睦月が悲鳴のような問いを洩らした。

おこんは沈黙を守っていた。耐えていた。

「おこん、英次郎どの、睦月、空也は生きておる」

「舅どの、空也どのは酒匂一派の最後の刺客を斃《たお》されたと申されますか」

と英次郎が質した。

その問いに無言で頷いた磐音が、

「空也もまた瀕死《ひんし》の重傷を負い、長崎会所と長崎奉行所の助勢もあって出島《でじま》に滞在中の異人外科医の急ぎの手当を受けたそうな。麻衣様がこの文を書いた折りも空也の意識は途絶したままだ。長崎会所では早船を清国の上海《シャンハイ》に差し向け、出島に逗留《とうりゅう》中の外科医どのの師匠にあたる老練な外科医カートライト博士を呼び寄せているそうな」

「おまえ様、空也は生きておるのですね」

「おこん、生きておる。じゃが、長崎会所の方々が清国の上海なる地に早船を派遣して外科医を呼び寄せておられるということは、死を想定して、なんとか空也の命を繋《つな》ぎとめんとしておられるのであろう」

と磐音が言い、

「おこん、睦月、英次郎どの、われらは空也が武者修行に発《た》ったのち、幾たびかかような知らせを受け、一度は弔いの仕度までなしたことがあったな」

「父上、こたびも兄上は回復すると申されますか」

「麻衣どのの書状にはさような一語はどこにもない。ただ、一事、太郎兵衛様は身罷り、空也様は生きておられます、とある。そして、和国のなかで異人の外科医がおるのはこの長崎だけ、空也様は御運をお持ちの剣術家であると書き添えてこられた」

必死で我慢していたおこんの両眼が潤《うる》み、涙が零《こぼ》れてきた。

睦月は懸命に耐えていた。

「舅どの、姑様、睦月、それがし、お三方に詫《わ》びねばならぬことがござる」

と英次郎が言い出した。

磐音が無言で英次郎を見て、睦月が、

「詫びるとはどのようなことにございますか」

と質した。

「舅どのは十数日前に空也どのの勝負を察しておられたそうな。坂崎家のなかで睦月もまた同じ夜と思える刻限に魘《うな》されて、それがしに揺り起こされました。それがしも、睦月の夢が空也どののことだと直感いたしました。そこで翌日の稽古のあと、身内であるお三方に断わりもなしにわが父に、長崎の事情を問い合わせてくれぬかと乞《こ》いましてございます」

「英次郎さん」

睦月が名を呼んで、英次郎に握られていた手にもう一方の自分の手を重ねた。

「さようなことで詫びる要などありましょうか。英次郎さんの父上は先の長崎奉行を務められたお方です。遠い江戸にありながら長崎のことをよくご承知、英次郎さんが坂崎家のことを案じてお父上に相談なされたのは至極当然です」

「いかにもさよう。われら、英次郎どのの心遣いに感謝こそすれ、空也の義弟にあたるそなたがわれら身内に詫びる要などない」

と磐音が言い切り、涙をぬぐったおこんも、

「有難う、英次郎さん」

と礼を述べた。

「さて、身内たるそのほうらに、それがしから相談がある。この一件、空也の状態がはっきりするまで、親しい知り合いにもしばらく内密にしておきたいのじゃ

が、どうだな、おこん」

「おまえ様、最前申されましたように、私ども弔いの仕度までしたことがございます。こたびは事がはっきりしてからでもようございましょう」

おこんが応じて睦月も英次郎も頷き、賛意を示した。

「英次郎どのの父上の中川忠英様の問い合わせに対する返書や、長崎会所などからの新たな書状が今後数日のうちに届くと考えられる。事態がはっきりとしてから、ご一統様にはお知らせしようか」

と磐音が身内と中川忠英の五人以外には、告げぬことを決めた。

五日後、ふたたび長崎会所の高木麻衣から書状が届いた。

母屋で磐音が英次郎から書状を受け取ったとき、その場に速水左近《はやみさこん》がいた。

「速水様、この書状、仏間にて読ませていただきとうございます。しばし中座、お許しください」

と言い残して磐音が仏間に入った。すると代わりに、おこんと睦月が速水に茶を供する体《てい》で入ってきた。

「おこん、なんぞあったか」

とおこんにとって養父の速水が質した。

「いえ、養父上《ちちうえ》、格別には」

と応じたおこんが庭に立つ英次郎を見た。英次郎も長崎からの書状が気になって道場に戻れないでいた。

「お待たせ申しました、速水様」

と仏間から磐音が書状を手に姿を見せた。

「速水様、この書状、長崎からのものでございます」

磐音の言葉におこん、睦月、そして、英次郎が、はっ、とした。

「なにやら空也どのにあったようだな」

と速水左近が質した。

「この書状、長崎から二通目のものにございます」

と磐音が長崎会所の高木麻衣から届いた一通目の書状の経緯《いきさつ》と内容を掻《か》い摘《つま》んで告げた。その話を聞いた速水が、

「おこん、養父にも言い切れなかったか」

「養父上、私ども一度、空也の弔いをしようとしたことがございました。ゆえにこたびのこと、もう少し事情がはっきりするまで身内だけに」

「止《とど》めたか」

と言った速水が、

「半月以上も前の酒匂一族の嫡男との勝負、公儀にはなんら伝わっていないのはどういうことか」

と自問した。

「空也の生死がはっきりするまでこの勝負、長崎奉行所にも秘されているのではございませんか。また薩摩藩としても公《おおやけ》にはしたくありますまい」

と応じた磐音が、

「本日の高木麻衣どのの書状によると、清国上海よりエゲレス人の外科医カートライト博士が長崎に参り、酒匂太郎兵衛どのより受けた胴の刀傷を仲間とともに治療し、ほぼ治ったそうな」

「ああ、よかった」

「睦月、じゃが、空也の気が戻っておらぬのだ」

「兄上は前にも気を失って幾月も眉月様の介護をうけて正気に戻られました」

「いかにもさよう」

と応じた磐音が、

「剣術家の戦いは勝敗が決しようと、どちらの側にも恨みつらみがのこる。空也が正気に戻るには、酒匂太郎兵衛様の怨念《おんねん》を払いのけねばなるまい」

「酒匂太郎兵衛なる者はすでに身罷ったと申されたな、怨念がございますかな」

と速水が問うた。

「はい、いかにもさよう申し上げました。これからそれがしが話すことは、この場の五人の胸に死の折りまで秘めてくれませぬか」

と言った。

「父上、渋谷《しぶや》眉月様にもでございますか」

「睦月、そのほうがよかろうと思う」

睦月が沈思し、

「父上の話を聞いたうえで判断してはなりませぬか」

「そなたがさよう考えるならば、それでも構わぬ、眉月様は空也の命の恩人ゆえな。なにごとも知るべきお人ではある」

と曖昧《あいまい》に応じた磐音が話しだした。

「薩摩の御家流儀、東郷示現流の高弟酒匂兵衛入道様の嫡男は、生まれつき口の利《き》けないお方であったとか」

この磐音の一語で、場になんとも表現できない緊張が走った。磐音を省く四人にはそれぞれ異なった想いが生じていた。

「この嫡男の太郎兵衛どのを兵衛入道どのは鹿児島からも家臣団からも離して、薩摩の奥深い村落にふたりきりで籠られ、なんとも厳しい東郷示現流を十年に亘《わた》り鍛錬させたそうな。太郎兵衛どのは弟ふたりと会うこともなく、それでも薩摩では『酒匂兵衛入道の跡継ぎは太郎兵衛』との説が定着していたとか。だが、だれもこの太郎兵衛どのの技量を見た者はいなかった。

　そんな太郎兵衛は、父の兵衛入道、三男の参兵衛《さんのひょうえ》のふたりが若い武芸者一人《いちにん》に敗北したことを知った。その折り、太郎兵衛どのが空也に格別深い憎しみを抱いたのは、薩摩に滞在中の空也の行いによる。東郷示現流と同根の野太刀流を修行した空也が偶然にも無言の行をなしていたことを知ったのだ。むろん空也は薩摩に逗留する手立ての一つとして無言の行を己に強いたのであろう。じゃが、高木麻衣どのが申されるには、太郎兵衛のように口が利けない真似《まね》をして、外城麓《とじょうふもと》館《やかた》の渋谷重兼《しげかね》様とその一統の憐《あわれ》みをかったと思うておられたようだと、認《したた》めておられる」

「なんと長崎の唐人の寺での戦いは、無言の行をなして薩摩剣法を修行した空也と、生まれつき口の利けなかった太郎兵衛どのの戦いであったと言われるか」

速水左近も驚愕《きょうがく》の顔付きで問い直《じか》した。

「この勝負を直に見たものは、この書状の書き手の高木麻衣どのと、長崎奉行所の密偵鵜飼寅吉《うかいとらきち》どののふたりだけじゃそうな」

しばし無言がこの場を支配した。

「父上、この事実を眉月様に知らせる要はございません。されど兄の現況は、眉月様にお知らせすべきかと思います」

と睦月が言い切った。

磐音がおこんを見た。

「おまえ様、眉月様には八代《やつしろ》でも迷惑をかけております。睦月の申すとおりお伝えし、辛《つら》かろうとも新たな哀《かな》しみが生じようとも、私どもといっしょに負っていかれるべきかと存じます」

「相分かった。それがしが渋谷家に文を書こう。英次郎どの、睦月といっしょに薩摩藩邸の渋谷重恒《しげつね》様と眉月様に文遣いをしてくれぬか」

「承知仕《つかまつ》りました」

と英次郎が言い切った。

二日後のことだ。

尚武館道場の母屋に速水左近・杢之助《もくのすけ》の父子、中川忠英、中川英次郎と睦月夫婦、小梅村《こうめむら》の尚武館道場の三助《さんすけ》年寄りの小田《おだ》平助《へいすけ》と松浦弥助《まつうらやすけ》、豊後関前藩家臣の重富利次郎《しげとみとしじろう》に霧子《きりこ》夫婦、両替商今津屋吉右衛門《きちえもん》に老分《ろうぶん》番頭の由蔵《よしぞう》、御典医桂川甫周国瑞《くにあきら》、尚武館の客分向田源兵衛《むこうだげんべえ》、それに尚武館小梅村道場主の田丸輝信《たまるてるのぶ》、神保小路尚武館の神原辰之助《かんばらたつのすけ》改め川原田《かわはらだ》辰之助らの師範らが顔を揃《そろ》えていた。

この中にはなんの集いか承知の者も全く見当がつかない者もいた。

最後にこの場に姿を見せたのは薩摩藩江戸藩邸の重臣渋谷重恒と娘の眉月のふたりだった。

この瞬間、この場の催しの意図を知らなかった者たちも武者修行に出ている坂崎空也に関してのことだと悟った。

それほど渋谷眉月の表情は沈んでいた。そんな眉月をおこんが迎えると両腕に無言で抱きしめた。

「霧子、これは」

と利次郎が女房に囁《ささや》き、

「私はなにも存じません」

と小声で返した。

磐音はおこんが眉月の手をとって自分の傍らに座らせたのを見て、

「ご一統様、神保小路にご足労いただき、真《まこと》に恐縮にござる。すでにお察しのお方もあろうとは存ずるが、わが倅《せがれ》坂崎空也の近況を知らせとうござる」

と前置きして、長崎会所の高木麻衣から届いた二通の書状で知ったことを中心に一同に告げた。

だれも口を開かなかった。

この場に鹿児島藩江戸藩邸の重臣渋谷重恒と眉月がいることもあったが、なにより空也の生死を案じたゆえ言葉にできなかったのだ。

「十六歳の空也が武者修行に出ると、われら一家に告げて豊後関前から旅立ったときから、かような知らせはあろうかと覚悟はしておりました。国境を越えるのが厳しい薩摩入りに対しては、空也は自らの命をかけて越境し、半死半生《はんしはんしょう》で川内《せんだい》川《がわ》の葭原《あしはら》に浸っているところを、この場におられる渋谷眉月様の祖父上、薩摩の外城の一つ『麓館』の主《あるじ》にして、薩摩藩八代目藩主島津《しまづ》重豪《しげひで》様の元御側御用《おそばごよう》渋谷重兼様と眉月様方に発見されて、献身の介護で一度は命を取り留め、ふたたび武者修行に戻りました。じゃが、薩摩滞在の折りの行いが未だ尾を引いておりました。東郷示現流高弟酒匂兵衛入道様と御子息らとの葛藤に巻き込まれ、こたびの酒匂太郎兵衛様との戦いにおいて、空也は瀕死の傷を負ったということです。この戦いに渋谷一族は薩摩藩士でありながら、空也のためにもあらゆる手立てを尽くしてくださりました。われら身内一同、この場におられる渋谷重恒どのと息女の眉月様にどのような言葉で感謝しても、し足りませぬ。その上、眉月様をふたたび不安に陥れる羽目になり申した」

磐音の言葉に、おこんの傍らに座していた眉月がまるで嫌々をするように首を横に振った。

「眉月様がこの数年感じられた恐れと不安に応《こた》えるには、空也が元気でこの神保小路に戻ってくることしかありません」

「は、はい」

と眉月が短い返事に万感の想いをこめて応じた。

「坂崎様、もしできるものならばこの眉月、鳥になって肥前長崎に飛んでいき、空也様の介助をしとうございます」

「あ、ありがとう」

と傍らのおこんが涙をこらえて礼を述べた。

「江戸と長崎は、陸路三百三十二里、海路四百七十余里もござる。眉月様のお気持ち、わが坂崎家にとって、いかに心強い言葉か。空也に成り代わり父のそれがしより深謝申し上げます」

と磐音が眉月の顔を見た。すると眉月が、

「坂崎様、おこん様、英次郎様、睦月様、皆様方の坂崎空也様は必ずや無事にこの神保小路の尚武館に戻ってこられます」

と言い切った。

二

女衆が茶菓を供するしばしの間、それぞれが沈思し、茶も喫《きっ》しなかった。磐音が間合いを計って一座を見廻した。

将軍の脈を診《み》る幕府御典医の桂川甫周が、

「空也どのの治療のために長崎に参られたカートライト博士は、本国から派遣されておる医師のなかでも最高の技量のお方と聞いております。また空也どのが酒匂太郎兵衛と勝負をなした唐人寺崇福寺から長崎出島にいきなり運び込まれたのは異例中の異例、ともかく即座に和国で受けられる刀傷の最高の治療、手術が行われた模様です。その上、上海からカートライト外科医が来崎されたとなると、もはやこれに勝る手厚い医術は江戸にもありますまい」

との確信に満ちた言葉を告げると、

「私が出る幕はございませぬが、一応長崎に空也さんのただ今の状態を問い合わせてみます」

と言い添えた。

「さような方々に恵まれた空也は、なんと強運の持ち主でしょうか」

とおこんが独白した。その呟きを耳にした磐音が、

「桂川さん、真に申し訳ない、御典医桂川家四代目の言葉はなんとも心強い、礼を申す。己が望んでの武者修行、どのようなことが起ころうと致し方なしと身内のわれら、覚悟はしてきました。長崎でも異人医師を含めて多くの人々に支えられて生きておる、そして、この江戸にはこれほどの方々が空也を案じてお集まりいただいた。かような武者修行があろうか」

磐音の言葉に長年の友だけではなく一座の者が頷いた。

「先生、尚武館の同志松平辰平《まつだいらたつぺい》が福岡藩《ふくおか》におります。ひょっとしたら長崎在番やもしれませぬ。ですが、辰平から知らせがないということは、空也どのと酒匂太郎兵衛どのの勝負は、未だ長崎でも内密にされているということでしょうか」

と重富利次郎が磐音に質した。

「おそらくはさような事情でござろう」

「重富様、坂崎先生が申されるとおり、空也様が長崎出島に運ばれて異人医師の治療を受けたとなると、長崎会所と長崎奉行所の強い手助けがなければとうていできる話ではございますまい。ゆえに長崎でも、限られた人しか空也さんの怪我《けが》は承知されていないのではありますまいか」

と今津屋の大番頭由蔵が言葉を添えた。

「坂崎空也どのと酒匂太郎兵衛どのの勝負の場に、長崎奉行配下の密偵鵜飼寅吉がいたとしたら、必ず奉行の松平貴強《まつだいらたかます》どのは報告を受けておりましょう。ただし、空也どのは公儀に、酒匂どのは薩摩にそれぞれ関わりを持っており、松平奉行も江戸に公に知らせることを躊躇《ためら》っておいでかもしれませんな」

と前の長崎奉行にして、勘定奉行の中川忠英が薩摩藩の渋谷重恒を気にしながらも言った。

「中川どの、この場での薩摩への気遣いは一切ご無用に願います」

と薩摩江戸藩邸の重臣渋谷重恒が勘定奉行の中川に願った。そして、

「必ずやこの一件、長崎の薩摩屋敷を通じて鹿児島に報《しら》せがいっており申す。これまで薩摩藩としても公儀との対立をさけるために酒匂一派の手前勝手な行いには幾たびも忠言をしてきました。ために東郷示現流の高弟であった酒匂一族は薩摩藩からも東郷示現流からも離れ、一族の長、酒匂兵衛入道の恨みつらみを武芸者としてはらそうとしたのでござろう。じゃが、もはやこの戦いが最後かと存ずる。空也どのは致し方なく受けざるを得なかった戦いでござった。なんとしても空也どのには快復してほしいというのが薩摩藩の総意にござる」

と微妙な言い回しながら、江戸藩邸の重臣らと打ち合わせした結果を述べた。

そして、

「いま一つ付け加えさせていただくならば、太郎兵衛の死は江戸藩邸に届いており申す。酒匂一派は薩摩藩からもこの世からも消滅いたした」

との渋谷重恒の言葉に眉月が父の顔を見た。おそらく眉月は酒匂太郎兵衛の死を知らなかったと思えた。

なにしろ当代の将軍家斉《いえなり》の正室は島津家の出の茂姫《しげひめ》（篤姫《あつひめ》）であった。さらに

は家斉から拝領した修理亮盛光《しゆりのすけもりみつ》にて戦ったと思える空也の立場を考えたとき、薩摩島津家にとって厄介《やっかい》極まりない難題であった。

「この場におられるご一統様には立場によって不快を催されるお方もおられようかと存ずる。されどこの坂崎磐音、わが倅の武者修行を承知の方々にお知らせしないのは、却《かえ》って失礼かと存じ、かように集まってもらいました」

と磐音が念押しし、英次郎に視線を送った。すると英次郎が静かに立ち、その場から姿を消した。しばらくして英次郎が独り戻ってきた。

「どうしたな」

と磐音が質した。

「離れ屋にて待っておったはずの御仁の姿が見えませぬ」

「なんと。こちらの話し合いを察せられて姿を消されたか」

と磐音と英次郎が問答するのを一座が黙って見守っていた。

「離れ屋に待たせていた人物とは薬丸新蔵《やくまるしんぞう》どのこと兼武《かねたけ》どのでござった。渋谷どの、曰《いわ》くはどうであれ、薬丸新蔵どのと空也は剣友同士、同じ酒匂一族との戦いをなしていた者ゆえ、それがし、勝手ながら新蔵どのをこの場での話がなされたあと、こちらに招こうと考えたのです」

「坂崎先生、薬丸新蔵どんは、本日の集いの様子をどこぞから垣間見《かいまみ》て、空也さんの危機を知ったとやなかろうか」

と小田平助が口を利き、

「そこまで察することは無理かと思います」

と磐音が応じた。

「新蔵どんはあれで気遣いをしよるでな。独りでこれからの行く末を考えとると違うやろか」

「まあ、さようなところかと存ずる」

と磐音が答えた。

「さて、坂崎先生、ご一統様、この場におるわれらがなんぞなすべきことがあろうか」

と家斉の御側御用取次《とりつぎ》の速水左近が一同に改めて質した。

女衆を省いてだれもが各々《おのおの》の立場を考えていた。

沈黙は長く続いた。

それを破ったのも速水左近であった。

「最前からの話でそれぞれの立場はお分かりかと思う。各々が帰属する公儀や藩をこの際、忘れてはくれませぬか。われらが尚武館の母屋にこうして集っておるということは、直心影流尚武館道場主坂崎磐音どのの知友としてでござろう。ただ今の一番の心配事は長崎の坂崎空也の意識の回復かと思う。桂川先生も最前申されたが、一度あったことは二度あることを信じて、われらは長崎からの吉報を待つしかござるまい」

「速水様が申されるとおり、わが倅のためにこの場にある者が動くのは決して得策とは申せますまい。長崎にも空也を命がけで守ってくださる方々がおられる。ただ今は長崎におられる人々のお力を信じませぬか。勝手な願いにござるが、それぞれのお方がなんぞ新たな知らせを得られた場合、この坂崎を通じて然るべき方々にお知らせ申します」

と磐音が速水の言葉に応じて、長い集いの終わりを告げようとしていた。

そのとき、

「磐音先生、異国の医学を学んだ蘭方医《らんぽうい》の私がいうべき言葉ではなかろうと自分でも思いますがな、空也さんはたびたびの修羅場《しゅらば》を潜《くぐ》ってこられた。こたびもまた必ずや意識を取り戻して、息災な姿に蘇《よみがえ》ると信じております。そう思いませぬか、おこんさん、睦月さん、眉月さん、そして、霧子さんや」

と女衆の名を上げて桂川甫周が言い、女衆四人が頷いた。

磐音のもとに残ったのは速水左近ひとりであった。

「磐音どの、上様も空也のことは案じておられる」

最前、一同の前では告げなかったことを速水が口にした。

「上様が空也のことをご承知ですか」

「長崎からの早船が二日前につきましてな、長崎奉行松平様の書信がそれがし宛てにござった。ゆえにそれがしが上様おひとりにお知らせ申した。最前は渋谷様方もおられるゆえ、薩摩に不要な危惧《きぐ》を与えぬように話さなかった」

速水の言葉に磐音は頷いた。

「ともかく酒匂一族の怨念の戦いは太郎兵衛どのの戦いを最後に終わったと信じとうござる」

「ああ、酒匂一族の残党とて空也が生死の境をさ迷っておることを承知しておろう。となるとこれ以上の戦いをなすとしたら、薬丸新蔵への報復かのう。元々酒匂派の憎しみは薬丸新蔵にあったのですからな」

速水左近の言葉にしばし磐音は沈思した。

「もはや薬丸新蔵どのに抗《あらが》う勇気の持ち主は一族に残っておりますまい。それより新蔵どのの木挽町《こびきちょう》の道場への薩摩藩士の悪さが続くのではないかと思われます」

うむ、と応じた速水がしばし間をおいて、

「磐音どの、これ以上、薬丸新蔵に情けをかけるのはどうかと思う。薬丸新蔵は薩摩の挑戦に独りで抗うしか方策はござらぬ。尚武館が手助けをすればするほど、こちらの戦いは続こう。薩摩も公儀も、尚武館が間をおくことを望んでいよう」

と忠言した。

磐音も沈思した末に頷いた。

翌朝のことだ。

磐音が朝稽古をしていると道場の片隅に竹村武左衛門《たけむらぶざえもん》が黙然として座しているのが見えた。指導の合間を縫《ぬ》って古い友に近寄ると、

「どうなされたな」

と質した。

ふたりの周りには門弟たちは近づかなかった。磐音と武左衛門の不思議な付き

合いを承知しているからだ。

道場内では何百人もの門弟衆がそれぞれの力量に合わせた稽古を続けていた。指導するなかには中川英次郎の姿もあった。

英次郎は、松平辰平、重富利次郎、川原田辰之助ら磐音が育てた門弟らに比べて剣術の力量は劣った。だが、初心者と中級の力量の者を教える丁寧《ていねい》さと的確さを持ち合わせていることを、磐音はしかと察していた。

(もし空也に万が一のことがあった場合)

英次郎を尚武館の跡継ぎに、と頭の隅に過《よ》ぎっていた。

「坂崎磐音」

と不意に武左衛門が昔同様に呼び捨てし、

「どうなされた、武左衛門どの」

と笑みの顔で磐音も応じた。

「木挽町の野太刀流道場が消えた」

「なんと申されましたな」

磐音は、一瞬その言葉が理解つかなかった。

江戸で野太刀流剣術を確立するため、薩摩の江戸藩邸の激しい反対を覚悟のうえでの、薬丸新蔵の木挽町道場開きであったはずだ。

（それがどうして）

と思った。

「言葉どおりじゃ、わしがいつものように道場の手伝いに参ると、道場主の薬丸新蔵からわし宛てに書状が残されておってな。二、三人の門弟が道場に茫然《ぼうぜん》と立っておった。わし宛ての文のなかには『道場を閉鎖致す所存。武左衛門どの、ついては閉鎖の後始末をしてくれぬか』との短い文面とともに三両の金子《きんす》が同梱《どうこん》されておった」

「なんということが」

やはり新蔵は昨日の集いの意を悟り、数年前の鹿児島での行動が坂崎空也の死を招こうとしていると察して、また酒匂一派との暗闘は、長崎での酒匂太郎兵衛と坂崎空也との戦いで終わったと考えて道場閉鎖を決めたのか。

磐音は一瞬裡《り》にあれこれと思案した。

「この数日、新蔵どのに変化がござったか」

磐音の問いに武左衛門が考え込んだ。しばし沈黙していたが、

「昨日、わしが小梅村に戻る直前、薩摩藩江戸藩邸の重臣と思《おぼ》しき人物が見えて

新蔵どのとそれなりに長い間、話し合っておった。そのあと、新蔵どのはわしには、『案ずるな、大した用事ではない』と答えたが、あの面談とこたびの道場閉鎖は関わりがあろうな」

「その薩摩藩邸の重臣を武左衛門どのは承知か」

磐音は話柄を変えて質した。

「いや、わしは昨日、初めて見かけた。これまでの薩摩藩の訪問者と違い、物静かな御仁であった。ゆえにわしは小梅村に戻ったのじゃが」

その重臣から新蔵は、酒匂兵衛入道の最後の刺客、嫡男の太郎兵衛と坂崎空也の長崎の唐寺崇福寺での死闘の結果を聞いたのであろうと磐音は察したのだ。

「坂崎磐音、昨日、母屋で集いがあったと若い門弟から洩れ聞いたが、なんぞ空也にあったか」

と武左衛門が質した。

磐音は古い友人に事実を告げるしかあるまいと思った。

「長崎にて酒匂一族の嫡男にして跡継ぎの太郎兵衛どのと空也が勝負に及んだのだ。おそらく昨日の薩摩藩重臣どのと新蔵どのの面談もこの一件であったろう」

と前置きして掻い摘んでただ今の状況を告げた。

「磐音、相手方は身罷り、空也は瀕死の傷を負って意識不明というか」

旧友の問いに磐音は黙って頷いた。

「空也は勝負に勝ったが自らも死と戦っておるのじゃな」

と念押しした武左衛門の声音《こわね》が涙声になった。それでも、

「その場に品川柳次郎《しながわりゅうじろう》は呼ばれたか」

「武左衛門どの、柳次郎どのも招いてはおらぬ。集いの場には薩摩藩の重臣と娘御も出ておられる。品川柳次郎やそなたにはこの集いを受けて今日にも話す気であった」

しばし武左衛門は間を置いた。なにかを考えようとしているのだが、なにも問いが浮かばないような苛立《いらだ》ちの表情を見せて、

「そうか、空也はただいま長崎で死と戦っておるか」

と洩らし、

「新蔵どんは空也が窮地に陥っているのは己が招いたことだと考え、道場を閉鎖したか。このようなことは当然道場を江戸に開く折りに覚悟をしていたことであろうが」

と磐音と同じ当然な考えを口にした。

「薩摩藩の重臣がどなたかは知らぬ。少なくとも昨日の集いに出ておられたお方ではあるまい」

と磐音は渋谷重恒のことを念頭に告げた。

「坂崎磐音、わしはどうなせばよい」

と問うた。

「新蔵どのの書状を読んで道場の大家どのに会われたか」

「会《お》うた。その旨伝えると、本来ならば床を壊して土床にしたのをもとに戻す要もある。そのためには三両では足りぬと言いおったが、わしがなんとか三両で得心させてきた。道場の入口に、『拠無《よんどころな》い事情にて道場を閉鎖致す、薬丸新蔵代武左衛門』とわしが書いた張り紙をしてまいった。まあ、最低のことはしてきた心算《つもり》だ」

と武左衛門が言い切った。

かなり強引に大家と話をつけたであろうことは磐音にも推量がついた。

「武左衛門どのの張り合いがなくなりましたな。どうです、尚武館に手伝いに来ませぬか」

と無益な言葉は承知で磐音は言ってみた。

「ここにか、人にはそれぞれ分があろう。わしや柳次郎が昨日の集いに呼ばれなかったようにな。さようなわしが官営道場と目される直心影流尚武館道場でなんの手伝いをせよというのだ」

武左衛門は昨日の集まりに呼ばれなかったことに拘《こだわ》り、抗っていた。

「ならば小梅村の道場ではどうですな、道場主は武左衛門どのの婿《むこ》どのだ」

「あちらには娘の早苗《さなえ》がおる。時折り顔を覗《のぞ》かすだけでも邪魔と言われるでな」

「実の娘の言葉です。本心ではございませんぞ」

との磐音の言葉になにか言いかけた武左衛門に、

「昼餉《ひるげ》をいっしょしませぬか。直《す》ぐに指導を終わらせますでな」

と磐音は誘った。

だが、片手を振った武左衛門は神保小路へと出ていった。

磐音はその背を見送りながら、武左衛門と品川柳次郎には昨日のうちに会うべきであったかと悔いていた。

昨日、速水左近が母屋から辞去したあと、長崎会所の高木麻衣、長崎奉行の松平貴強など空也が世話になっている面々に書状を認《したた》めて送り出すことで手いっぱいであった、と己に言い訳しながら無性に哀しくも寂しかった。

(空也、なんとしても生きてくれ)

ふと人の気配を感じた。

「師匠、なんぞそれがしがなすことがございましょうか」

と磐音の背に遠慮げに声をかけたのは中川英次郎だった。

武左衛門とふたりだけで長いこと話している磐音を見て、英次郎はなにかを察したのだろう。

「英次郎どの、昨日の集いに武左衛門と品川柳次郎どのを呼ぶべきであったかのう」

しばし沈思した英次郎が、

「昨日に集った面々とおふたりとはいささか付き合いが違うように思われます。おふたりとはどのようなことでも話せる古い友にございます」

「あのふたりはそれがしが浪々の身であった時代からの古い友、それも立場を越えての付き合いの間柄だ」

と応じた磐音が、

「薬丸新蔵どのは木挽町の道場を閉じられたそうな」

と武左衛門から聞いた話を手短に告げた。

英次郎も長いこと沈思していたが、

「やはり新蔵どののも空也どののことを知り、悩まれましたか」

「英次郎どの、頼みがある。武左衛門どのは道場の大家と話をつけたと申したがな念のためじゃ。大家と会って、薬丸新蔵に後々差し障《さわ》りがなきよう質してくれぬか。もし三両の金子ではどうにもならぬと申されるならば、おこんに事情《わけ》を話して五両を受領し、大家と話してくれぬか」

「舅どの、承知しました」

と英次郎は坂崎家の用事ゆえ、道場ではあったが舅と呼んで用事を承《うけたまわ》った。

三

中川英次郎がおこんから預かった五両の入った紙包みを懐《ふところ》に尚武館を出ようとすると、霧子がすっと肩を並べてきて、

「英次郎様、私も同道してようございますか」

と許しを乞うた。

「それがしひとりでは頼りにならぬか」

英次郎が霧子の異な頼みに抗った。

「いえ、そういうわけではございませぬ。おこん様が、町屋の付き合いは武家方とは違います、と申されて私に供を命じられました。むろんその場に睦月様もおられて、賛意を示されました」

「なんと坂崎家の女衆ふたりからもそれがし、それほどまでに信頼されておりませぬか」

英次郎は信頼の二語に拘《こだわ》っていた。

「違います、英次郎様」

「どう違うと申されますか」

「坂崎家は主の磐音様の来し方が来し方ゆえ、武家方の生まれでありながら、磐音様もお身内の皆様も町屋のことも商いのこともお詳しい方ばかりです」

「一方、それがしは旗本の次男坊でありながら、町屋の暮らしも商いも知らぬ堅《かた》物《ぶつ》ですからな。やはり信頼がうすいのですな」

と英次郎が首を捻《ひね》った。これまでさようなことを考えたこともなかったという顔付きだった。

「幾たびも違いますと申し上げましたよ。睦月様はもちろんのこと、おこん様も主様も英次郎様の人柄を信じておられます。ゆえに空也様が武者修行に出ているうちに少しでもあれこれと経験を積んでほしいのです」

「うーむ、やはりそれがしになにかが足りぬのだ」

「尚武館道場が官営道場と称されながら、他の道場とは特異であることを英次郎様に説明する要もございませんね。わが師匠の弥助さんや私のような正体の分からない者から、小田平助さんや向田源兵衛様のような他流を会得し、諸国を流浪《るろう》した客分格がおられる道場は、江戸広しといえども、いえ、三百諸国に拡げてもありますまい。神保小路の尚武館だけです」

「いかにもさよう」

と英次郎が得心した。

「尚武館では剣術の技量を磨くことだけが修行ではありますまい。世間に起こるあらゆる出来事に対応してこられたから、ただ今の尚武館坂崎道場があるのだと思われませんか」

「漠としてですが、霧子さんの申されること、この中川英次郎にも分かります」

だが、英次郎にとって霧子ほど尚武館道場で理解のつかない武芸者はいなかった。あるいは霧子そのものが尚武館道場を思わせた。まるでその日によって人物が違う百面相と感情の持ち主だった。

「英次郎様にお聞きします」

と霧子が言ったとき、ふたりは駿河台下《するがだいした》まで下っていた。

武家屋敷の門番が、武家の中川英次郎と同道する霧子に会釈《えしやく》して声をかけるべきかどうか迷っていた。

「稲葉《いなば》のお殿様はご息災ですか」

と声をかけられた門番が、

「はい、お蔭様《かげさま》で息災にしておられます」

と笑顔で返答をした。

「霧子さんは山城淀《やましろよど》藩の稲葉様をご存じですか」

驚いた英次郎が尋ねた。

「お会いしたことがあったかしら。武家方でも会釈し合っているうちに門番さんと言葉を交わすようになるのよ。かような挨拶《あいさつ》が尚武館と稲葉家のご縁につながり、なにかの折りに役に立つかもしれないもの」

「重富利次郎様の嫁女様は不思議なお方ですね」

と霧子の育ちを知らぬ英次郎が正直な感想を洩らした。

「尚武館道場にて求められていることは剣術だけではないとは思いませんか」

霧子が最前の問いを繰り返した。

「それが最前のお尋ねですか」

「例えば本日の薬丸道場の後始末もその一環かもしれませんね」

「それがしは武左衛門様の後始末のつけ方が十分かどうか確かめてくることだけかと思うておりました」

「それもございます」

「ほかにもありますか」

「それは木挽町に行ってみねば分かりませんよ」

と霧子が英次郎の問いを躱《かわ》した。

ふたりは武家地を南に曲がって神田橋御門《かんだばしごもん》の方角へと向かっていた。

「睦月様は兄上様のことを案じておられましょうね」

霧子が話柄を変えて問うた。

「むろん、懸念しております。されど昨日、舅から空也どのの話を聞かされた場以外は、姑様も睦月も表情に出すことは滅多になく、ふたりして淡々と暮らしておるように、それがしには見受けられます」

「空也さんが武者修行に出られてから、一瞬たりとも安心して暮らされたことはありますまい。ですが、尚武館の裏を預かる女衆として、できるかぎり感情を表に出さないようにして暮らしておられるのでしょう」

「いかにもさようです。霧子さん、この坂崎家の不安はいつまで続くのでしょうか」

「さあて、どなたもが己に問われておりましょう。されど明らかな答えをだれも持っておられますまい」

「霧子さんは空也どのが無事に戻られると考えておられますか」

「むろんです。必ず神保小路に戻ってこられます」

霧子ははっきりとした口調で即答した。

そして、神保小路に戻ってくる前に空也と武者修行の地で会うと決めていた。が、それまでには未だ何年もの歳月があるのだと確信していた。

英次郎も霧子と空也の間に格別な感情があることに前々から気付いていた。そのことを問うかどうか迷っていた。

「英次郎さん、空也さんは私の弟なのです。生まれ育った地が私たちふたりを姉と弟のように結びつけているのです。ゆえに姉の私は、空也さんの死など一瞬たりとも考えられないのです」

英次郎の内心を読んだ霧子の顔を見た。

武家方の女衆に決して見られない、いや、町方の女子にも見られない、厳しい、そして美しい横顔をしていた。

英次郎は道場で霧子と打ち合い稽古をしたことがなかった。己の方から避けていたのだ。

(なぜ霧子さんは凜々《りり》しくも厳しい顔立ちなのか)

重富利次郎が霧子に惚《ほ》れた理由に今気付いた自分の迂闊《うかつ》さに呆《あき》れていた。

一方、霧子は脳裏に去年の霜月《しもつき》に生まれたばかりの一子、力之助《りきのすけ》の顔が浮かび、あることを思い付いた。

霧子が実家の尚武館に出仕する場合、乳母の末女《すえじょ》が力之助の面倒を見ていた。末女は元々重富家の奉公人であり、御用が多忙なふたりの下に重富家の厚意で遣わされていた。

利次郎も末女の若いころに末女に育てられたのだ。

ともあれ、思い付きは英次郎に洩らすことはなかった。

ふたりはいつの間にか、鎌倉河岸《かまくらがし》の船着場に辿《たど》りついていた。そこに今津屋に出入りの船宿「川清《かわせい》」の船頭小吉《こきち》の猪牙舟《ちょき》が舫《もや》われていた。

「お待ちしていましたぜ、英次郎さん、霧子さんよ」

とふたりに声をかけた。

「小吉さん、まずは木挽町の薬丸道場を訪ねてくれませんか」

「野太刀流の道場な。道場は閉鎖したと聞いたぜ。ようやく門弟がついたというのにな」

船頭の小吉は商い柄早耳だった。

「さすがは小吉さんね。だれから聞いたと質しても答えられないわね」

「まあな」

とふたりを猪牙舟に乗せた小吉が舫い綱を解いて舟を出した。そして、御堀を常盤橋《ときわばし》の方角へと向かった。

「英次郎さん、しばらく耳を塞《ふさ》いでいてくれませんかね」

と小吉が願った。

「小吉、話を聞かなかったことにしてくれということか」

「へえ」

坂崎家と船頭小吉の長い付き合いを考えた英次郎が、

「承知した」

と両手で耳を塞ぐ真似をした。

霧子は小吉の問いを察していた。が、自分から言い出すことはなかった。しばらく櫓《ろ》を漕《こ》ぐことに専念していた小吉が、

「木挽町の薬丸道場が突然閉鎖したことにからんでな、武者修行中の空也さんが大怪我を負ったというのは真のことかえ」

霧子の察していた問いを小吉が質した。

「尚武館の先生に、この一件を口にすることを許されてないわ」

「霧子さんよ、分かった。そうか、空也さんは生き死にの目に遭《お》うてなさるか」

と呟き、

「おこんさんや睦月さんの気持ちを思うと辛いな。空也さんは身罷ることはねえやな」

と小吉が続けた。その言葉を聞いた霧子が、

「小吉さん、利次郎さんと所帯を持って武家屋敷に暮らすようになったでしょ。私、辛いことがあると独り言を思わず呟く癖が生じたの」

空也が長崎で薩摩の御家流儀示現流の高弟一派との戦いを繰り返していたこと、

そして、こたび長崎の唐人寺崇福寺で、高弟一派の最後の剣客と戦い、壮絶な戦いののち、相手は即死し、空也は生きて出島の異人館の医師に治療を受けたこと、手術は成功したが、意識が戻らないことを、あらぬ方向に視線を向けながら洩らした。

霧子の独白が終わっても小吉は直ぐには答えなかった。

長い沈黙のあと、

「空也さんの一件と木挽町の薬丸道場が閉鎖になったことと関わりがあったか」

と呟いた。

「小吉さん、薬丸新蔵さんがどこにいるか知らない」

「あの界隈《かいわい》の舟暮らしのおかみさんの話だからよ、真偽は分からねえ。しばらく江戸を離れて旅に出るといったそうだ。まさか肥前長崎に向かうんじゃねえよな」

「それはないと思う。空也さんも薬丸新蔵さんもこの寛政の御代に武者修行をしてきたのよ。無益な旅はしないと思うわ」

「そうか、そうだな」

英次郎はふたりの問答を啞然《あぜん》とした表情で聞いていた。直参《じきさん》旗本の次男坊に生まれ育った英次郎には、船頭と問答する霧子が訝《いぶか》しくも眩《まぶ》しく思えた。

小吉の舟は、いつの間にか日本橋川から楓《かえで》川に入り、三十間堀《さんじっけんぼり》を進んでいた。

木挽橋が三原橋《みはらばし》の向こうに見えた。

三十間堀の両側には洗濯ものが干された荷船が二重に舫われていた。そんな荷船から、

「おい、小吉よ。野太刀流の道場に行ったたって、だれもいないぜ」

と声がかかった。

「助《すけ》おやじ、そんなことは承知の小吉様だよ」

「どこぞの侍と尚武館の女衆を乗せてどこへ行くよ」

「お節介すると、助おやじ、暗闇《くらやみ》で殴られるぜ」

「春だというのに、仕事がこねえのよ。節介口くらい聞き流せ」

「あいよ」

と小吉があちらこちらの荷船から声がかかるのを適当にあしらいながら木挽橋の橋下に猪牙舟をつけた。

「小吉さん、待っててね」

と言い残した霧子が英次郎を伴い、河岸道《かしみち》に上がった。すると河岸道から東に

延びた路地道の一角から怒鳴り声が聞こえた。

「おい、爺《じい》さん、真に知らぬのか」

そんな怒鳴り声にぼそぼそと答えた声の主は、なんと武左衛門だった。

「呆れたわ」

と霧子が洩らした。

「武左衛門どのの声でござるな」

英次郎の問いに霧子が頷き、

「坂崎先生が案じておられたのはかようなことだったのね」

「どういうことかな、霧子さん。舅の懸念とはなんだな」

「武左衛門さんに薬丸新蔵さんが道場閉鎖の後始末を願ったのはたしかだわ。だけど、道場に改装した借家を三両ぽっちで大家にいきなり返すといっても、大家も得心しますまい。新蔵さんが十両、いや、五両は少なくとも始末料に残したと先生は思っているの。なにがしかを武左衛門さんが懐に入れたのよ。それで騒ぎが起こるのではないかと、英次郎さんに薬丸道場を見にいくことを願われたのよ」

「呆れた。それにしても武左衛門さんはまた、なにゆえそんな空き家になったはずの道場に戻ってきたのであろうか」

「私もわからない。でもね、武左衛門さんにとって最後の生きがいだったのよ、薬丸道場の押しかけ番頭さんが。寂しかったのね」

と霧子が推量を告げ、道場だった空き家に入っていこうとして、

「この場は英次郎様の腕の見せどころね」

と言うと、不意に道場に入らず裏手に回った。

「どうせよというのだ、霧子さん」

と問いかけたが、霧子の姿は消えていた。

英次郎は致し方なく道場の玄関に立ち、

「御免なされ」

と声をかけた。

「だれか」

と声が応じて英次郎は土間の道場に入った。するとそこに地面に胡坐《あぐら》をかき、意気消沈した武左衛門がいて英次郎を見た。なにか言いかけた武左衛門を制するように、

「道場と聞いてきたが道場主はどなたかな」

と英次郎が声を発した。その場には武左衛門の他に剣術家風の三人と初老の町人がいた。

「そのほう入門志願者か」

と剣術家のひとり、でっぷりと太った壮年の男が英次郎に聞いた。

「まあ、そうでござる」

「ならば、われらがこの家を借り受けて新たに直心影流の道場を開く。それまで待たれよ」

驚いたことに尚武館と同じ流儀を名乗った。

「いつ開かれるな」

と英次郎が問うと、

「この爺が大家に、道場を土間にしたところに床を張り直す修理代をまともに払わんそうだ。ゆえにわれらがこやつに費《つい》えを出せと交渉しているところだ」

「わしは、三両大家に払ったぞ」

と武左衛門が町人を気にしながら言った。

「それでは足りんと大家はいうておる。道場主だった薬丸なにがしはどこにおる。われらが取り立てる」

「新蔵どんはもはや江戸にはおるまい」

と武左衛門が知り合いの英次郎の顔を見て、元気を取り戻したように言った。

「虚言を吐くとためにならんぞ、爺」

「おい、最前からわしを爺じいと蔑《さげす》んでおるが、わしには竹村武左衛門という歴とした名があるぞ」

「うるさい、爺。大家はそのほうが後始末料をちょろまかしたというておる。われらが新たに借り受けて手直しをする費えにするのだ。さっさと金子を払え」

と太った剣術家が怒鳴った。

「しばし待たれよ。仔細《しさい》は分かった。だが、この話、そなたらが入ると厄介になる。どうだ、大家と武左衛門どのの話合いの目処《めど》が立った折りに改めて参られぬか」

と英次郎が仲介に立った。

「うーむ、そのほう、この爺の知り合いじゃな」

と三人のひとりのがっちりとした体付きの剣術家が質した。

「お分かりになったか。それがし、武左衛門どのを知らぬわけではない。それがしの朋輩《ほうばい》の舅どのゆえな」

「なぜ入門志願などと最前名乗った。まあ、それはよい。そのほうがこの爺の代わりに費えを払え」

「お断わりしよう。そなたらがこの場に関わると新たな厄介が生じるでな。出直してこられよ」

英次郎が毅然《きぜん》とした口調で繰り返した。

「おのれ、われらを追い出す気か」

「そういうことだ」

「許せぬ。斬《き》る」

と言い放った腹の出た剣術家が刀の鯉口《こいぐち》を切った。

「まあまあ、待ってくださいな。刀を振り回して血でもみると町方から小言が来ますでな」

とお店《たな》らしい町人が慌《あわ》てて言った。

英次郎はすっと後ろに下がって壁に掛かっていた木刀を二本とると、

「これでどうだな」

と一本を相手方に差し出した。

「こやつ、われらをのけ者にする気だ。そのほう、何者か」

これまで黙っていた痩身《そうしん》の男が刀の柄《つか》に手をかけて言った。

英次郎は、三人の腕前をほぼ察していた。

「直心影流尚武館坂崎道場の門弟だ。道場主坂崎磐音はわが舅である」

英次郎の返答に三人が一瞬竦《すく》んだが、

「野崎《のざき》、ここで引き下がっては一文にもならぬぞ」

「よし、こやつから叩《たた》き斬れ」

と言い合って刀を抜いた。

「ああー、それはいけませんぞ」

と町人が飛び下がったとき、一応かような場に慣れた三人が連携して英次郎に迫ってきた。

英次郎は差し出していた木刀を左手の剣術家に投げつけると、野崎と呼ばれた男にもう片方の木刀をかざして飛んだ。すると右手の三人目が英次郎に横手から斬りかかったが、その瞬間、礫《つぶて》が飛んで額を打ち、悲鳴を上げて額に手を当てた。

その間に英次郎の木刀が、残ったふたりの手首と胴を叩き、ふたりを転がした。

一瞬にして先手をとられた三人は、道場から逃げ出した。

「おお、英次郎、助かったぞ」

と武左衛門が安堵《あんど》の声を上げ、

「武左衛門さん、早苗さんと婿どのの田丸輝信どのがこのことを知られたら、どう申されますかな」

と英次郎が質した。

「英次郎、それはなしにしてくれ、頼む」

と武左衛門が両手を合わせて願った。

「薬丸新蔵どのはこの道場の後始末料として、いくら武左衛門どのに置いてゆかれたのですな」

「ううーん、神保小路はさようなことまで察しておるか。五両であった」

という武左衛門の言葉を聞いて実は大家だった町人が、

「武左衛門さんは二両も猫糞《ねこばば》しましたか」

と呆れ顔をした。

四

英次郎と霧子は尚武館に戻り、磐音に元の薬丸道場で武左衛門に会った一件と騒ぎを報告した。

「武左衛門どのはまた、なにゆえ閉鎖した道場におられた」

「当人は事情を知らぬ門弟が稽古にきてもいかぬで道場におったと言い訳されておりました。ですが、薬丸道場の番頭方は、武左衛門さんの生きがいであったのかもしれぬと、帰り道霧子さんと話してきました」

磐音の問いに英次郎がそう答えた。

「そうか、武左衛門どのの生きがいであったか」

「師匠、大家と話し合い、お預かりした五両から二両を大家どのに渡して得心してもらいました。残金三両はおこん様にお返ししてございます」

「坂崎先生、武左衛門さんはすでに薬丸さんから預かった五両のうちの二両に手をつけておられました。近ごろは外で酒を飲むことも滅多にないと早苗さんから聞いていたのですが、なにに費消されましたか」

と霧子が首を捻った。

「まあ、それはいい。薬丸新蔵どのがふたたび江戸で道場を開く折りまで、武左衛門どのは安藤《あんどう》家の下屋敷の本業に精を出してもらおう」

と磐音が応じたところに、おこんと睦月が茶菓を運んできた。

「ご苦労でしたね、英次郎さん、霧子さん」

おこんの言葉に、英次郎が、

「おお、大事なことを忘れておりました。霧子さんが同道してくれなかったら、それがし、傷を負っていたかもしれません。霧子さん、有難うござった」

と慌てて礼を述べた。

「英次郎さん、あの動きならば三人目も私がお節介しなくとも、倒しておられましたよ」

と霧子が言った。

「いや、そのような余裕がそれがしにあったとも思えません。舅様はそれがしの力量を承知で霧子さんの同行を命じられたのですか」

と英次郎が磐音に問うた。

「さようなことは考えておりませんぞ、婿どの。それよりな、武左衛門どのの行いが気になったものですから、ふたりに木挽町の道場に行ってもらいました。まさか道場におられるとは考えてもいなかった。武左衛門どのの行動は凡人には読めません」

と磐音が苦笑いした。

「ともかく武左衛門様は、霧子さんと英次郎さんに助けられたのね」

と睦月が念押しした。

「さあて、田丸輝信先輩の舅どのはどう考えられるでしょうか。それよりそれがしは、霧子先輩に不意の立ち合いの駆け引きを教えられました。生涯頭が上がりますまい」

「英次郎さんはお優しいお方ですね」

と霧子が睦月に同意を求めた。

「利次郎様や辰平様、辰之助様と違って剣術ひと筋でないところが好きなのですが、本日の騒ぎで、『それがし、武者修行に出る』なんて言わないでくださいまし」

と睦月が英次郎に願った。

そのとき、母屋に眉月が供も連れず独りで訪ねてきた。

「眉月様、長崎から文が参りましたか」

おこんが挨拶もなしに眉月に質した。

「母上、眉月様を庭に立たせたまま挨拶もなしにいきなりお尋ねですか。まず眉月様を座敷に招じるのが先ではございませんか」

睦月が母に注意して縁側の沓脱石《くつぬぎいし》から眉月を座敷に上げた。

座に落ち着いた眉月は、

「いえ、長崎からは新たな書状はうちには参りません。こちらにはいかがですか」

と一同に問い返した。

おこんが首を横に振ると、

「麓館の祖父から書状が届きました」

と襟元《えりもと》に入れていた封書を抜いて一同に見せた。

「なんぞ新しい話がございますかな」

と磐音が質した。

「長崎から麓館には空也様に関する新たな話は伝わっておりません。それより酒匂一派の処遇ばかりが認めてございます」

眉月の祖父渋谷重兼は、長崎の唐人寺崇福寺で起こった酒匂太郎兵衛と坂崎空也の立ち合いを承知していた。長崎の薩摩藩屋敷には重兼の親しい家臣がいて、この経緯と結果を書状で急ぎ知らせたからだ。

重兼は船を仕立てて長崎を訪ねることを考えた。だが、空也の手術は異例にも出島の外科医が行い、そのまま出島に滞在していることを知らされて、長崎行を思い止まった。長崎を訪ねたところで出島にいる空也と会える見込みがないからだ。

「坂崎様、お読みくださいまし」

と磐音に差し出した。

「それがしが読んで差し支《つか》えなかろうか」

「ございません。私はおこん様と同じ気持ち、空也様が正気を取り戻されたという知らせ以外、関心はございません」

と眉月が言い切った。

「ならば渋谷重兼様の文を読ませてもらおう」

と磐音が眉月から受け取った書状を披《ひら》いた。

長いこと掛かって熟読した磐音が思案しながらゆっくりと書状を巻き戻した。

「眉月様、祖父御にも心労をかけており申す」

と詫びの言葉を口にすると、視線を一同に向けた。

「空也、新蔵どのと戦った酒匂家じゃが、先の薩摩藩八代目藩主島津重豪様は公儀の意向を慮《おもんぱか》られたか、酒匂家の一族すべてを廃絶にして薩摩藩からの追放を当代の齊宣《なりのぶ》様に厳命されたそうな。一方、齊宣様は、藩内の混乱を招くと反対されたそうな。みなも知ってのとおり、眉月様の祖父御は重豪様の御側御用を務められたお方じゃが、齊宣様の決断に賛意を示されておられる」

薩摩藩の内政に触れた書状に睦月が、

「重豪様の三女の茂子《しげこ》様は公方様のご正室寔子《ただこ》様でございましたね、父上」

と皆の手前、確かめた。

「そういうことだ」

と応じた磐音はふたたび沈黙した。

「おまえ様、薬丸新蔵さんと空也のふたりと酒匂一族の戦いは薩摩藩の政《まつりごと》にまで関わりまするか」

とおこんが質した。

「政といえば政、酒匂一族を根絶やしにすると薩摩藩内に恨みつらみが残ろう。齊宣様のご判断は至極当然かと思うがのう。それがし、眉月様の祖父御の危惧もよう分からんではない。空也は仕掛けられた戦いに臨んだだけじゃがな、われら一介の剣術家として生きてきたつもりが、いつの間にかように公儀や藩政の諍《いさか》いに巻き込まれてしまう。未だ意識もなくひたすら己の心身の病と戦っておる空也には察しもつくまい」

と暗澹《あんたん》とした言葉を磐音は吐いた。

霧子は、田沼意次《たぬまおきつぐ》・意知《おきとも》と直心影流尚武館道場の暗闘を知るだけに、薩摩の二代の藩主の葛藤が理解できた。だが、英次郎は武者修行の空也が巻き込まれた紛争を漠然としか考えられないでいた。

「ともかく渋谷重兼様は空也が回復することと同時に、薩摩の藩政に巻き込まれぬように最大の助勢を為《な》すと申しておられる。有難いことじゃ」

と一同に告げた磐音が、

「眉月様、それがしも麓館の重兼様に書状を認める」

と約定《やくじょう》した。

眉月は、おこんや睦月、それに霧子ら尚武館の女衆だけと話し合った。話し合ったところで空也の容態が変わるわけでもないことを、女たちは重々承知していた。が、自分たちの気持ちを共有したかったのだ。おこんは眉月に、

「私は空也の一挙一動を聞くたびにおろおろするだけです。それに比べて眉月様は一度瀕死の空也を回復させたご経験のせいか、強い気持ちをお持ちです。どれ

ほど空也にとって心強いことでしょうね」

と正直な気持ちを吐露《とろ》した。

「おこん様、私とてあれこれと悩みます。かように祖父の文を理由に尚武館にお邪魔したのも不安を紛らわすためです」

と眉月も応じた。

「母上、兄上は眉月様が薩摩におられなければとっくに身罷っているわ。だって私たち、あの折り、弔いの仕度をしたんですものね。こんな気持ち、いつまで続くのでしょうか」

と睦月が不安の他に怒りの気持ちが混じった口調で言った。

三人の女たちが黙り込み、おこんは縋《すが》るような眼差《まなざ》しで霧子を見た。

「私も皆さん方の問いに答える術《すべ》を持っておりません。ですが、昨日、眉月様の、『空也様は必ずや神保小路の尚武館に戻って参られます』との言葉を聞いて、勇気づけられました。必ずや空也様は己の納得する武者修行をしのけるはず、いや、それほど武者修行は容易《たやす》くないぞと私を叱咤《しった》されたように感じております」

と霧子が珍しく言い切った。

女たちの話はいつまでも繰り返された。

不意に睦月が、

「なぜ兄上は、眉月様や私たちをかように不安にさせ、哀しませてまで武者修行を続けるのかしら。父上の跡継ぎとしてこの尚武館道場を継ぐためなの、母上」

と自問するように母に質した。

おこんは答えられなかった。

「そうだとしたら、剣術家って何者なの。父親を乗り越えるために自分の命をかけてまでこの世に生きているの。私は耐えられないわ。私が選んだ中川英次郎は、父や兄のように剣術一筋でない。それが好きになった理由よ」

睦月がこれほど素直に自分の胸の内を口にすることはなかった。

「霧子様は、利次郎様といっしょになられた切っ掛けはなんでしょう」

と眉月が女たちの問答の場にありながら会話にあまり加わらない霧子に質した。

「利次郎は、坂崎磐音様や空也様に比べれば、凡々たる剣術家です。この直心影流尚武館道場を受け継ぐのは、ただ剣術が強いだけであってはならないのです。そうではございませんか、おこん様」

霧子がおこんに答えを求めた。

しばし霧子の問いを沈思していたおこんが、

「皆様に説明するまでもなく深川六間堀町《ふかがわろっけんぼりちょう》の長屋の差配の娘として私は生まれました。坂崎磐音という人物に初めて会ったとき、豊後関前藩を辞したばかりのただの浪人さんでした。私たちはお互いの来し方を知らぬゆえ結びついたのかもしれません。まさか奈緒《なお》様の許婚《いいなずけ》であったり、大名家の重臣の嫡男であるなど、なにも知りませんでした。ましてや神保小路の尚武館道場の主になるなんて、夢ですら考えたことはありませんでした。磐音様がよく口にする運命《さだめ》に従って生きてきたら、こうなっていたという他はありません」

と言いながら、おこんは承知していた。

直心影流の佐々木家が密《ひそ》かに継承し続けてきた「秘密」が空也にも命をかけた武者修行をさせているのだと。その秘密とは徳川《とくがわ》家に関わりがあるのだと娘の睦月も、長い歳月、生死をともにしてきた霧子も、漠とだが承知していた。

一方、眉月は空也が命をかけての修行をなす曰くを未だ承知していないと思っていた。もし空也がこたびも生き延びて武者修行に戻り、いつの日か神保小路に帰った折り、そして空也と眉月のふたりがともに生きることを決意したときに、おこんの気持ちを知ることになる、と思った。

それは尚武館の主を亭主に選んだ女の、決して楽しいばかりではなく、不条理にも苦しい生き方なのだ。

「坂崎磐音様もおこん様も互いのことを知らぬゆえ結ばれたと申されました。この尚武館道場の主やその妻になるのは、天に選ばれたほんのひと握りの限られた人のはずです。運命《さだめ》だけではないように思います」

と霧子が言い、眉月に眼差しを向けた。その眼差しは、

(眉月さん、そなたもその苦しい道を歩むことになるのよ)

と言っていた。

「霧子さん、空也様もその道を歩んでおられるのですか」

「そのことを決めるのは、天の思し召しと空也様おひとりかと思います」

と霧子が言い切った。

はい、と素直に頷いた眉月が、

「皆さんとお話ができてようございました」

と辞去する意思を示した。すると霧子が、

「眉月様、薩摩藩邸の近くまで送らせてください」

と言い、

「ようございますか」

とおこんに許しを乞うた。

「お願いします、霧子さん」

眉月と霧子は徒歩で神保小路を出た。

霧子が神保小路を通るのは、この日二度目だった。あちらこちらの武家屋敷から霧子に声がかかり、霧子も会釈したり挨拶を返したりした。

そんな霧子を眉月は不思議そうに見ていた。

「眉月さん、あのように門番の方々が女の私に声をかけてくるのは、私が武家方の生まれでないと察しているからでしょうね」

「霧子さんは町人の生まれですか」

と眉月が問い返した。

「私は物心ついた折りには父も母もおらず、雑賀衆《さいかしゅう》という忍びの郷《さと》で育ちました。おぼろな記憶を辿り、雑賀衆の老婆らが話してくれたことを推量するに、私は雑賀衆の一統、それも悪人らに勾引《かどわか》されて雑賀衆の郷で育てられたのです。だから私には父親も母親もいません。だれでもそうだとばかり、かなりの歳《とし》まで思っていました」

霧子の告白に眉月は仰天《ぎょうてん》して、言葉を失った。

「霧子さん、ご免なさい。私、そのようなことを聞く心算《つもり》はありませんでした」

「いえ、眉月さん、聞いていただかねばならないことです」

「えっ、なぜでしょう」

「空也様と関わりがあるからです」

思いがけないことを聞かされて、驚きの顔で眉月が霧子を見た。

「ご存じかもしれませんが、坂崎一家の来し方を説明させてください。老中田沼意次様に追われて坂崎磐音様とおこん様のふたりは密かに江戸を逃れられました。無益な戦いを避けるためです。その旅にわが師匠の弥助さんと私が途中から押しかけて加わったのです。一時は、尾張《おわり》藩の庇護《ひご》のもとになんとか安穏に暮らしていた坂崎一家ですが、田沼様による嫌がらせが行われて、ふたたび路上をさ迷う旅を強いられました。その折り、おこんさんのお腹《なか》には空也様がいたのです」

眉月は茫然として霧子の言葉を聞いていた。初めて知らされることだった。

「一家は行き場を失っておりました。懐妊していたおこん様の身を思い、私は自分が育った高野山《こうやさん》の内八葉外八葉《ないのはちようげのはちよう》と呼ばれる雑賀衆の隠れ里にお連れしたのです。おこん様は空也さんをお腹に宿して、厳しい峠を文字どおり死ぬ思いで越えられました」

　眉月はもはや一言も聞き逃してはいけないことだと悟っていた。霧子はそのことを眉月に知らせようとしていた。

「眉月様、空也様はこうして私が物心ついた姥捨《うばすて》の郷で生まれたのです。私たちは血が繋がってはおりません、育ちも違います。されどふたり、歳の離れた姉と弟のように雑賀衆の郷で育ったのです。私は空也様の武者修行の最後の地はこの姥捨の郷と信じています。空也様もそう考えておられるはずです。この江戸の神保小路の尚武館に戻ってこられる前に紀州《きしゅう》の姥捨の郷を訪ねられます」

（なんということか。空也さんについて、私は知らないことばかりだ）

　と眉月は思った。

「あなた様がお望みならば、空也の姉の私といっしょに姥捨の郷を訪ねませぬか。空也様が育った地で武者修行が終わるのをお待ちになりませんか、眉月様」

「霧子様、ぜひお連れください」

　と眉月は即答していた。

　霧子は眉月の返答を聞いて密かに胸に温めていた企《くわだ》てを亭主の利次郎に話すときが来たと考えていた。それはふたりの間に誕生した力之助のことだった。

おこんは、なぜ霧子が眉月を送っていったかを思案していた。霧子は利次郎の女房になっても決して尚武館とのつながりを切ろうとはしなかった。霧子にとって坂崎家は、

「実家」

であり、尚武館の仲間は、

「身内」

だった。とはいえ、決して出しゃばる行いを為す人柄ではなかった。

「なにを考えておる」

といつの間にいたか、磐音がおこんに尋ねた。

「いえ、霧子さんが眉月さんを薩摩藩邸近くまで見送ったことについて考えておりました」

と手短に女だけの問答を磐音に話した。

「なにか、懸念があるかな」

「いえ、昼日中、眉月さんがだれぞに襲われるなどとは考えられません」

おこんの言葉を吟味していた磐音が、

「命の恩人の眉月どのと空也が過ごした一年九月、空也は無言の行を貫きとおしたゆえ、わが坂崎家のことなど話したことはあるまい。その後も空也は武者修行を再開して、ふたりが会う機会は限られていた」

とおこんに思い出させた。

「ですが、眉月様は今日のようにわが家にお出でになり、あれこれと話して参られます」

「とはいえ、こたびもまた空也が意識を失って長崎におる。密かに空也の姉を自任している霧子は、空也が話さなかった幼きころの空也の生い立ちや出自を話したかったのではないかのう。どう思うか、おこん」

「そうですね。姥捨の郷に私ども以上に関わりのあるのは、霧子さんと空也のふたりだけですものね」

「そういうことだ、おこん。霧子は空也のためにならぬことは眉月様に決して話すわけもない」

と答えた磐音だが、

(空也と霧子の心にある武者修行の最後の地は姥捨の郷)

であると推量していた。だが、そのことをおこんには告げなかった。格別に他意はないが、ふたりの秘密はふたりだけのものから、今日のことで三人のものになったのではないかと、磐音は漠然と推量した。それだけのことだった。

「空也にとって霧子さんは、私ども夫婦以上に身内かもしれませんね」

「そういうことだ」

と磐音は答えながら、高野山内八葉外八葉の姥捨の郷のことを思い出していた。

第二章　出島の暮らし

一

寛政十一年己未《つちのとひつじ》の新春半ば、二十歳になった坂崎空也は未だ出島オランダ屋敷の診療所の病室にいた。とはいえ当人になんの思考も記憶もないゆえ、空也の周りで時だけが経過していく。

出島オランダ屋敷について改めて触れておく。

徳川幕府は寛永《かんえい》十一年（一六三四）、ポルトガル商人を長崎町民から隔離するために、長崎の内海の奥に人工の島を設けることにした。

鎖国政策の和国の唯一の窓をとおしてオランダ人や唐人の物品や文化や技術が入ってきた。内海に面した江戸町《えどまち》の前面の海を埋めたてて造られた小さな島は、

長崎の分限者《ぶげんしゃ》の町人二十五人が銀二百貫を供出して完成したものだ。この町人を、

「出島町人」

と呼んだ。

二十五の株を分け持った出島町人の有力者各々が、地番一番から二十五番までを受け持ち管理していた。その代わり、出島町人は、毎年銀八十貫目を出島の異人から受け取った。

出島は築造時、面積が三千九百二十四坪一歩（およそ一万三千平方メートル）、周囲は二百八十六間二尺九寸（五百メートル余）の扇形の小島であった。

寛永十四年（一六三七）から翌年にかけて起こった天草島原《あまくさしまばら》の乱により、幕府は出島のポルトガル商人に通商禁止を伝え、出島の在住者は退去帰国させた。かくて出島の南蛮《なんばん》交易地時代はおよそ三年間で終わり、出島は無住となって荒れ果てた。

寛永十八年、平戸《ひらど》にあったオランダ商館が長崎移転を命じられ、平戸商館長マキシミリアン・ル・メールが出島のカピタン部屋に入り、以来二百年にわたる出島オランダ交易地時代が始まった。

オランダ出島は、長崎町人に蘭館《らんかん》、紅毛館《こうもうかん》、荷蘭《がらん》、紅毛庫などと呼ばれたが、

後年出島に滞在した医師シーボルトは、「国立の監獄」とその著書に出島の現実を直截《ちょくせつ》に記していた。

このオランダ出島の入口の橋の欄干《らんかん》に禁止事項が公示されていた。曰く、

一、傾城《けいせい》之外《ほか》女入事
一、高野ひしり之外出家山伏入事
一、諸勧進之者並に乞食入事
一、出島廻り榜示《ぼうじ》木杭之内船乗り廻る事
附《ことわり》り橋之下船乗通事
一、断なくして阿蘭陀《オランダ》人出島より外江出る事
右之条々堅可相守もの也
卯　十月

かような禁止事項により長崎の一般人は出島への出入りが出来なかった。しかし、出島に出入りできる限られた和人もいた。

長崎奉行所の役人、長崎町年寄、オランダ交易地の取締役の出島乙名《おとな》、組頭、乙名の雑務をこなす日行使、五箇所宿老、出島町人などであった。

長崎滞在中の坂崎空也は、長崎奉行松平貴強の家臣「大坂中也《おおさかちゅうや》」と名乗り、長崎会所の密偵高木麻衣の知り合いとして、すでに出島に立ち入ったことがあった。

ゆえに空也が崇福寺で怪我を負った折り、意識不明の大坂中也は長崎奉行松平貴強の近習《きんじゅ》として即座に運び入れられることが許され、オランダ人医師の手によって即刻手術が行われる幸運を得た。

前年の寛政十年三月六日夜、出島で出火し、役員詰所二棟、カピタン住居一棟、オランダ人の住居十棟、土蔵三棟を焼失し、再建作業が行われていた。むろんこの普請《ふしん》の費えは出島町人が出し、九月に完成した。

麻衣の家系高木家は代々出島町人であり、当代の籐左衛門も出島町人の筆頭であったから、空也が出島に入り、手術を受けられる体制が整っていたといえる。

出島の西北部の中央に水門があった。ふだん水門は閉じられていてオランダ交易船の入港時、積み下ろしの折りに開けられた。

出島のオランダ商館長の住居と仕事部屋を兼ねた建物は、ヨーロッパ風で「カピタン部屋」と呼ばれた。このカピタン部屋の裏側の海岸にそって通詞《つうじ》部屋、炊事場、土蔵、乙名部屋が並んでいた。カピタン部屋の前を抜ける主道路を隔てて、つまり長崎の江戸町寄りの地域にオランダ人部屋、倉庫二棟、鳩小屋などがあった。この一角の倉庫を利用した武術場で空也は、異人たちと剣を交えて稽古をしたことがあった。

出島の東南部には海に面して十六本の松が植えられ、カピタンの別邸や住人の散策の場であった。その一角に診療所があり、空也は崇福寺から運び込まれたこの診療所の手術室で、酒匂太郎兵衛から受けた傷の緊急手当てを受けたのだ。

だが、大坂中也こと坂崎空也は出島の診療所の病室に寝かされていることも知らず、なにも考えることなく横たわっていた。

この病室に出入りできる和人は長崎会所の町年寄高木籐左衛門の姪の高木麻衣だけだった。麻衣は長崎会所の密偵であると同時に通詞を務めていた。長崎会所とオランダ商館は、ある意味、長崎奉行所以上に密に親交を有してきた。互いの利益を得るために公儀の意に反しても代々付き合ってきたのだ。

出島には「傾城之外女」は出入りを禁じられていたが、麻衣は江戸町の表門の他から自在に出入りしていた。異国語を話す麻衣は長崎奉行所にとってもオランダ商館にも得難い人物であった。ゆえに刀傷を受けた空也に、出島の医師の手術を受けさせること、その後の治療も出島内で極秘に行われることをオランダ商館側も容認した。

この日、長崎に春らしい陽射《ひざ》しが穏やかに散っていた。

麻衣は空也の着替えと文を携えて病室に入った。

意識を失って一月《ひとつき》が過ぎていたが、空也は無心に眠りこけていた。まるで激しい武者修行の疲れを癒《いや》すかのように眠り込んでいた。

「空也さん、よく聞きなさい。あなたの大事なお方おふたりからの文よ」

と二通の文を空也の手において握らせた。

「一通は母上のおこん様から、二通目は渋谷眉月様よ。分かるわね、あなたにとって大事な大事な、おふたりですものね」

異人の寝間着を着せられた空也の体を拭《ぬぐ》うための湯を入れた洗面器と西洋手拭《てぬぐ》いをバタヴィア人の下男ミゲルが運んできた。

麻衣は出島の使用人に分かる言葉で挨拶を告げ、なにがしか異人が国に戻った折りに使える銀貨で与えた。するとミゲルが礼を返した。

そのとき、麻衣はふと空也を見て、なんとなく自分の意志で文を握りしめているような気がした。

「空也さん、あなた、私がふたりの文を読んであげたら聞こえるの」

と質したが、むろん返事は戻ってこなかった。

眉月もおこんも空也が意識を失い、文を読むなどできないことを承知していた。ふたりは麻衣気付で文を送ることで、麻衣が文を披いて読み聞かせてもいいことを暗黙のうちに告げていた。

「いいこと、体を拭ったらふたりの文を読んで聞かせるからね」

と言いながら、麻衣は空也の寝間着のボタンをはずし、お湯につけて絞ったタオルで体を拭ってやった。

空也にとって麻衣は、霧子とは違った意味で歳の離れた姉のような相手であった。その胸には汗と血の浸《し》みた、小さな革袋があった。その革袋に母親こんと薩摩の麓館の城主渋谷の孫娘が与えた守り札があることを麻衣は承知していた。

一月以上前、出島の診療所の手術室に担ぎ込まれた折り、麻衣も同道していたのだ。出島のオランダ人医師に胸から外すように言われて、革袋の中身を乾かすために取り出したので承知していた。

手術の行われる間に、麻衣は革袋の守り札と母親の短い文らしいものを乾かしたので、

（それがなにか）

およそ見当をつけていた。

麻衣はこの一月以上の意識不明の日々に瘦《や》せた空也の体を拭い、新しい寝間着に着せ替えた。

胸に守り札の入った革袋を掛け直し、守り札の主ふたりから届いた文を空也の手にしばし握らせると、

「いい、高すっぽ、文を読むわよ。母御の文、それとも眉月様の文、どちらから先に読んだほうがいい」

と尋ねた。

むろん返事はない。

麻衣は母の坂崎こんの文を披いた。しばし間を置いた麻衣が静かな声で読み始めた。

「空也へ、元気ですか。高木麻衣様方のお助けで出島という異人館で治療を受けておることを母は承知しております。

そなたが武者修行に出る気配を見せた数年前、私ども一家は関前城下の坂崎家に逗留しておりましたね。母にはあの折りから何十年、いいえ、何百年もの歳月を

経たような気がします。

そんな長い時の流れを空也、そなたが生きてこられたのは、そしてこたびもまた命を繋ぐことができたのは、長崎の高木麻衣様方を始め、異人のお医師様方、さらには多くの人々の助勢があったからに相違ないと母は確信しています。

空也、これまで迷惑をかけたお方へお礼をなすとしたら、そなたはこたびも心身を回復し、感謝の気持ちを皆様に自分の口で告げねばなりません。

江戸にて母も父も睦月も睦月の婿となった中川英次郎様も、そして大勢の門弟や知り合いの方々もそなたが元気になることを祈念しています。江戸で見守っている皆様、お世話になった方々へ、神保小路に無事に戻ることで感謝の気持ちを示しなされ。

よいですか。どのようなことがあろうとも元気になりなされ。そのことを母は信じております」

とゆっくりと読み聞かせていると、病室の戸がこつこつと叩かれて上海から長崎に招かれたエゲレス人医師のカートライト博士らが入ってきた。そして、麻衣の手元を見て書状を読み聞かせているのだと察したか、

「マイ、この若者の身内からかな」

「はい、空也さんの母御の文を読み聞かせています。お医師に断わりもなく、かようなことをしてしまいました。治療の邪魔にならなければよいのですが」

と麻衣が異人の言葉で詫びた。

うんうん、と頷いたカートライトが、

「どうれ、脈を診てみようか」

と空也の胸に聴診器を当てた。

「おお、マイ、昨日までよりクーヤの脈がしっかりとしているようだ」

と丹念に診察しながら幾たびも頷いた。

「ドクター・カートライト、江戸におられる母上と空也さんの大事な娘さんからそれぞれ文が届いております。もしドクターのお許しがあれば毎日、繰り返して読み聞かせたいのですが、よろしいですか」

「ただ今のクーヤにはわれらの治療よりも母御と娘御からの文はよい効果があるやもしれぬ。患者が疲れぬ程度に読み聞かせなされ」

と許しを与えた。

麻衣が首肯《しゅこう》すると、

「ドクター・カートライト、坂崎空也は快復いたしますよね」

とこれまで幾たびも尋ねた問いをここでも発した。

「マイ、この若者は和人にしては鍛えられた体を幸運にも持っておる。和人のサムライのなかでも最も強い心身の持ち主とも私の仲間たちから聞いた。なにかのきっかけがあればきっと意識を取り戻してくれると思う、われらの治療よりも身内の文の読み聞かせが効き目はあるやもしれぬ」

と言った。

麻衣は微《かす》かな光が胸に灯《とも》ったことを知った。

「ドクター・カートライト、空也さんの父御は和国を代表する剣術家です。剣術家が生き抜くには大変な稽古で培われた技量と力の他に、運もまた大事な要素かと思います。空也さんはその父親の血を引き、和国でも特異な国薩摩で武者修行もしてきました」

「おお、聞いたぞ、マイ。サツマに入る折り、寒い冬の時節、半死半生で川の流れに浮いていたそうだな、その折りも幾月も意識を失っていたそうだと同僚の医師が話してくれた」

「はい、その折り、助けてくれたのがこの文の主、眉月様です」

「そうか、この若者は強い運の持ち主か。なんとかして意識を取り戻してナガサキャエドのために働いてほしいものだ」

とカートライト博士が言い、

「マイ、私は上海に近々帰らねばならない。あとはふたりの文の主とマイの献身がこの若者を蘇らせてくれるような気がする」

と麻衣に告げた。

「空也さん、聞いたわね、ドクターの言葉を。あなたの使命は元気になることよ。そして、長崎ばかりか江戸や和国のためになることをなすことよ」

と言い聞かせるように話しかけた麻衣が、

「母御おこん様の文の先を読むわよ。もうそう長くないからとくと聞いてね」

と言うと、声音を改めた。

「空也、薩摩入国の折りのことです。父と母は、薩摩江戸藩邸の重臣のお方から薩摩入国の際にそなたが落命したとの知らせを受けておりました。またその後、霧子さんがそなたの武者修行の足跡を辿っていき、そなたがオクロソン・オクルソン様の支配なさる石卒塔婆《せきそとば》から落水するところを目撃しておりましたゆえに薩摩の重臣の言葉を裏付けてくれました」

麻衣は仰天した。

薩摩入りのために半死半生で薩摩の麓館領主渋谷重兼や眉月に助けられたことは承知していた。だが、なんと空也の両親はいち早く薩摩から落命したと知らされていたというのだ。

「あの折りもそなたは渋谷重兼様と孫娘の眉月様の助けで蘇ったのです。

こたびも高木麻衣様からの文でそなたの負傷を知らされました。ですが、父も妹もそなたの大怪我を戦いの夜のうちに直感しておりました。ゆえに長崎から悲報が来ることを推量しておりました。

空也、高木麻衣様方のお助けがあるのです、元気になってくだされ。それがそなたの務めであり、母のただ一つの願いです。

空也、あなたの生きる、蘇る力を母は信じております」

とあった。

「空也さん、あなたは幸せな人ね。どこへ行っても助けてくれる人がいるわ。なんとしても正気を取り戻してあの元気な姿を私たちに見せるのよ。分かったわね」

と語りかける麻衣の胸に、

（はい）

という空也の返事が響いたように思えた。

「次の文はあなたが大好きな渋谷眉月様からのものよ」

と麻衣は言うと、しばし間をおいた。

空也の母親とは違い、眉月は江戸へと戻る途中、この長崎に立ち寄った折りに麻衣と会っていた。

麻衣から見ても空也と眉月は似合いのふたりと思われた。そして、眉月も空也も互いを信頼し、想い合っていることを承知していた。それは薩摩入りした折り、半死半生の空也を眉月らが見つけ、献身的な介護で空也の回復をなしたことに由来していた。

「空也様、眉月はおこん様と同じように空也様の武人として生きる力を信じております。

刀傷を負った空也様は、長崎会所の高木麻衣様方の助勢でなんと異人たちが住む出島に運び込まれ、異人のお医師の手で傷の治療が行われたとのこと。さような運をお持ちの和人がどこにおりましょうや。

長崎会所の麻衣様方ならではのお助けがあればこそのことでしょう。

わたしは、長崎で麻衣様方や空也様と会った短い日々を、江戸にて懐《なつ》かしく思い出しております。

空也様の怪我のことを聞いた刹那《せつな》、必ずや心身ともに回復すると信じました。長崎の皆さん方の助勢や江戸で想い悩むおこん様を始めお身内の方々の懊悩《おうのう》を想い、空也様にはぜひとも元気になってもらわねばなりません。はい、この眉月のためにも元気になってくださいまし。そして、空也様の口から麻衣様方にお礼の言葉を、感謝を捧げてくださいまし。

わたしが鳥ならばすぐにも肥前長崎に飛んでいこうと思いました。ですが、母親のおこん様や妹の睦月様が江戸で必死に耐えておられるのです。

わたしも江戸にて空也様の回復が一日も早いことを祈っております。

渋谷眉月」

とあった。

麻衣は空也を見た。

そして、五島列島の奈良尾《ならお》で会った若武者の面影を思い出していた。

あの日からどれほどの月日が過ぎたのか。

坂崎空也との関わりは短いが、運命《さだめ》と思えるほど深い絆になっていた。

(空也さん、あなたはほんとうに幸せな若者たいね)

この若武者の武者修行を多くの人々が支えているのだ。

麻衣は、空也を出島に運び込んだ数日後、叔父の高木籐左衛門に願って酒匂太郎兵衛と決死の勝負をなした空也の刀の手入れをしようと考えた。

籐左衛門が長崎で一番の研ぎ師を呼んで研ぎを願った。

そのとき、研ぎ師が柄《つか》を外し、茎《なかご》をみて、驚愕の顔付きを見せた。

「どうした、親方」

「町年寄、こん刀は並みの刀じゃなかと」

と言って茎を籐左衛門と麻衣に見せた。

三人は黙って茎の表銘《おもてめい》葵御紋《あおいのごもん》を見た。この刀、備前長船《びぜんおさふね》派修理亮盛光の持ち主が、当代一と目される剣術家坂崎磐音の嫡子《ちゃくし》であることを改めて確認した。そして、この差料《さしりょう》が当代将軍徳川家斉様から拝領したものと知った。

修理亮盛光は三人の秘密として、丁寧な研ぎと手入れがなされた。

麻衣は明日にも修理亮盛光を空也の手に持たせてみようと考えていた。

(空也さん、あなたは天下有数の剣を持つ若武者よ。武者修行の途次にあるそなたが身罷ってはなりませんよ。長崎の姉の命《めい》ですよ)

麻衣は無言裡に切々と空也に訴えかけた。

二

空也は昔見た「夢」を見ていた。

（いつだったか）

もはやそれがしはこの世の人間ではないのか。

途切れ途切れに考えが沸いた。そして、手を、足を動かそうとした。だが、体は自分の意志では微動もしなかった。

ときに胸に冷たいものがあてられて異人の言葉で話し合われていた。ときに和人と思える女の声も交じった。

いや、これはずっと昔に経験したことか。

それがしは異国を旅しているのか。

空也は異国を訪ねたことはない。だが、異人剣士と幾たびか戦ったことがあった。その折りの戦いを夢見ているのか。

夢が不意に消えて、「無」に見舞われた。

どれほどの歳月が過ぎたか。

短いのか長いのか、時が流れていく。

ああ、それがし、長崎の港町を訪れたのだ。

(なぜ長崎に逗留していた)

と空也が思った。

そのとき、空也の傍らに人の気配がした。

(どうすればいい)

夢に戻ろうと思ったとき、女の声がした。

空也が承知の女人の声だった。

「空也さん、あなたの分身でしょ。この刀、あなたにとって一瞬たりとも手放してはならない大事なものよね」

なにか答えようとしたが口は利けず、両眼も閉じられたままで、五体が動かなかった。

空也の手が胸に置かれ、刀が握らされた。その瞬間、

(ああ、なつかしい)

と思った。

「そうよ。あなたはこの一剣を携《たずさ》えて長崎を訪れたのよ」

やはり、長崎にいるのか。

（あなたはどなたですか）

忍び笑いが聞こえたような気がした。

「私がだれか分からないのね。ならば、渋谷眉月様といったら分かる」

（しぶや　まゆつき、だれだろう）

「母上のおこん様の名は覚えているの」

（母、だと。それがしには母がおるのか）

「そうよ、父上も妹御もおられるわ」

（……）

「いいこと、この刀はあなたの命を幾たびも救ってきたのよ。こたびも必ず蘇らすわ」

刀を空也に握らせた女人の気配が消えた。

胸の上に置かれ、刀を握らされた空也はふたたび「無」の時と空間のなかへと戻っていった。

高木麻衣が長崎会所に戻ったとき、会所の入口にひとりの高麗人《こまうど》と思しき人物が麻衣を待っていた。

長崎会所を異人が訪れるのは珍しくはない。だが、公儀の命で長崎を訪れてはならぬはずの高麗人が平然として麻衣を待ち受けていた。その落ち着き払った挙動からこの高麗人が長崎の事情を熟知していることを麻衣に告げていた。

「高木麻衣さんかな」

達者な和語で質した。

「いかにも高木麻衣にございます。そなた様は高麗のお方とお見受けいたしました」

「さすがに長崎会所の町年寄の姪御どの、高麗人が訪ねてきても驚きもせぬか」

「唐人、いえ、清国のお方ならば驚きもしませんが、高麗のお方は珍しゅうございます。その違いを長崎のお方も分かりますまい。屋敷にお入りくださいまし」

と麻衣が訪問者を会所の御用部屋に案内した。

来訪者の異人らを接待するための長崎会所の応接間の床には大理石が張られ、波斯《ペルシャ》の段通《だんつう》を敷いて、エゲレスの応接椅子《いす》と円卓があった。

だが高麗人は全く感情を見せず、また数々の異国の調度品にも目をくれず、

「李遜督《りそんとく》と申す」

と直截に名乗った。

　麻衣はしばし考えた。

「李丞督様と申されると、高麗人の剣客李智幹《ちかん》様と関わりがあるお方ですか」

「智幹はわしの実父であった」

　しばし間を置いた丞督が言った。

(実父であった、とはどういうことか)

「と、申されますと」

「父はもはやこの世の者ではない」

「知らぬとは申せ、失礼な問いにございました。お詫びします」

「高木麻衣どの、わが父、李智幹を斃《たお》した相手を尋ねぬのか」

　麻衣はその問いに無言で沈思した。そして、呟いた。

「まさか」

「そう、戦った相手は坂崎空也じゃ」

「空也さんが、ですか。あの高麗人の名高い剣術家と坂崎空也さんが戦ったのですか」

「わしも高麗では名高い剣術家の嫡男として生まれた。空也もまた坂崎磐音と申される和国一の剣術家が実父であるな。だが、ふたりの父親との関わりは全く違うていたというてよかろう。わしは父を憎むために生きてきた」

と言った李遜督は、それ以上の父を憎む曰くを告げなかった。そして、どこかさっぱりとした口調で言い切った。

「父はわしの弟子であった空也に尋常勝負の末に見事に負けた。坂崎空也に斃された」

「なんということが。そなた様は父上の仇を討ちに長崎に参られましたか」

麻衣の問いに李遜督が声もなく笑った。

「わしは空也の師匠であり、同志であった。わが父と戦う運命《さだめ》をふたりして胸のなかにそれぞれ秘めていたということだ」

「なんということでしょう」

と応じた麻衣は再び沈思し、

「李遜督様、長崎会所に、いえ、私に会うために参られたのは空也さんと関わりあることですか」

「ある」

と李が言い切った。

「空也は薩摩の示現流の一派酒匂一族に狙《ねら》われ、去年の師走未明に酒匂太郎兵衛と戦い、勝負には勝ったが、自らも傷を受けて、未だ意識が戻らぬという噂《うわさ》は真《まこと》か」

「真にございます」

「そなたが本日、空也の佩刀《はいとう》を出島に届けたには曰くがあるか」

「ございます。そなたも空也さんも剣に生きる御仁です。生死をともにしてきた修理亮盛光を手に持たせれば空也さんが蘇るかと思いまして、刀を持たせて参りました」

麻衣の返答に李遜督が頷き、尋ねた。

「空也は愛剣を手にさわり、なんぞ反応を示したか」

麻衣が頷き、

「私が刀を持たせた刹那、なにかを空也さんが感じたことはたしかです。でも、それ以上のことは」

「なかったか」

麻衣は頷くしかなかった。

李遜督が思案した。

長い沈思だった。

「わしが空也と会うことはできようか」

「空也さんが治療を受けているのは出島です。空也さんは、長崎奉行松平様の家臣大坂中也という仮の身分で出島に出入りすることができたのです」

「空也は長崎奉行の家臣として長崎で暮らしていたのであったな」

と李が思い出したように呟き、

「もはや酒匂太郎兵衛に受けた腹部の傷は完治していよう」

「傷はたしかに治っておると上海から招いた外科医のカートライト様も言い切られました。差し障りは心の傷、正気に戻らないことです」

「そこだ。わしが空也に会いたいのは」

「李遜督様、空也さんに会ってどうなさる気です」

「正直、わしと会ったところで坂崎空也の意識が蘇る確信はない。ないが、われらふたりだけで二度にわたって暮らし、昼夜の大半を真剣勝負のごとき稽古に没頭してきた。わしがなにをしたところで意識なき者に変化が起こるとは言い切れぬ。だが、武人には武人の感性がある。わしと空也のふたりにしか通じぬなにかがな。だが、出島におってはどうにもならぬか」

「そなた様が出島に入ることは叶《かな》いません」

「その言葉は聞いたぞ。念押しする要はない」

「ございます」

「どういうことか」

「体の傷は完治しているのです。もはや怪我人が出島で過ごす要はございますまい。空也さんを長崎会所に引き取るとしたら、どうですか」

「おおー、その手があったか。空也を出島から密かに移すのにどれほどの日にちを要するな。できるならば早いほうがよい」

「出島のオランダ人カピタンなど幹部に許しを得て、二日の内に会所に引き取ります」

「長崎奉行の家臣の大坂中也であったな。松平奉行はどう説得する」

「高麗人のそなた様がからむ話です。こたびの空也さんの出島退去は内密に夜間に行うほうがよろしいでしょう」

「相分かった。出来るだけ早いほうがよい。長崎会所の入口に黄色の旗なり掲げてくれれば、わしはいつなりとも戻って参る」

「空也さんをここに運ぶとなると、時に出島の医師が参りましょう。会所には異人が泊まってもよいように異人用の部屋がいくつか設けてございます。そのひと部屋でようございますな」

「よい。わしがひと晩かふた晩泊まることになるかもしれぬ。奉公人にはあまり知られたくない」

「空也さんの一件は叔父と私、信頼する奉公人数人にしか知らせません」

「そう願おう」

と言い残すと李遜督は、飄然《ひょうぜん》と長崎会所の応接の間から姿を消した。

李遜督が初めて長崎会所に姿を見せて二日目の深夜に出島の船着場から船を使い、内海と大川を経て、大八車《だいはちぐるま》に移し換えて空也の体を長崎会所へと運び込んだ。

空也は出島から会所へと運ばれる間も刀を常に握りしめていた。

麻衣は即座に長崎会所の表門柱に黄色の旗を立てさせた。

一刻（二時間）もせぬうちに李遜督がどこから長崎会所に入ったか、姿を見せた。手には高麗の古剣と思える湾曲した太刀《たち》を下げていた。

李はまず、戦いのあと、一月半以上意識不明で出島の診療所の医師に水分と補給液しか飲まされていないせいで痩せた空也の体を見た。そして、自ら異人の寝間着を開いて脇腹《わきばら》から胴にかけての傷をしっかりと見た。

「さすがに薩摩の御家流儀の示現流はすさまじいのう」

と呟き、片手に修理亮盛光を持たされた空也から異人のために用意された部屋に目を移し、

「麻衣さん、天井がさすがに高いな。空也が寝かされた寝台を残して他の家具は廊下に出してくれぬか」

と願った。

麻衣は李遜督がなにをしようというのか理解がつかなかったが、信頼できる奉公人三人を呼んで家具・調度品を下げさせた。

畳の間にしておよそ十六畳はあろうという部屋に空也が昏々《こんこん》と眠る寝台だけが残された。

「あとはなにがほしいの」

「水と器をくれぬか、他は要《い》らぬ。二日の間、わしと空也のふたりだけにしてほしい」

麻衣は李遜督と坂崎空也の間柄を信じていた。

李から聞かされた空也との関わりだが、剣術家同士の生死をかけた付き合いを

信じようと思った。

もしこの二日の間に空也の体調が悪くなるようならば、麻衣が責《せ》めを負う覚悟を決めた。

「ほかになにか用事があるときは、この紐《ひも》を引っ張れば私が待機する部屋の鈴がなり、直ぐに駆け付けます」

「麻衣さん、わしを信じておらぬか」

「李遜督様、私は信じたい。でも、遠く江戸で知らせを待つ母親のおこん様や眉月姫や身内の方々のことを思うと、不安になります」

「麻衣さん、いちばん不安なのはこの李遜督よ。わしは物心ついた折りから、剣の力を借りるより他に考えが浮かばないのだ」

なにを為さる気です、との問いを麻衣は口にできなかった。李自らもどうするか、確信の行動はあるまいと思った。

いや、このふたりには生死をかけた厳しい打ち合いの歳月が一度もあるのだ。

その真剣勝負とも思える立ち合いのなかに答えがあると、麻衣は思った。

麻衣は李遜督の顔を正視すると無言で一礼し、部屋を出て扉を閉じた。

廊下にしばし立ち止まっていた麻衣は、

（八百万《やおよろず》の神様、坂崎空也を助けてくだされ）

と胸のうちで願うと、ふたりの剣客が籠った部屋から歩み去った。

部屋では李遜督が気を集中するために床に座して瞑目していた。そのまどれほどの時を経たのか。

不意に剣を手にした李遜督が立ち上がり、湾曲した剣の鞘《さや》を払うと、ふたたび瞑目した。そして、

（坂崎空也、参る）

と呼びかけて修理亮盛光に片手をかけた空也に向かって、ゆったりと刃をかざした。

「参る。受けてみよ、空也」

と叫んだ李の剣が、静かに眠る空也の体に打ち込まれた。

刃が光になって走り、空也の胸を断ち切るように斬った。だが、寸毫《すんごう》の間で止められた剣の刃が空也の体をなぞるように横へと奔《はし》った。

それが始まりだった。

李遜督の口から和人の剣客が発するのとは異なった気合が洩れた。李は体を横

へ滑らせ、時に頭へと剣を打ち込み、胴を払い、太ももへと振るった。

李の頭にはもはや時の感覚はなかった。

時が流れる間、李遜督は渾身の剣を振るった。振るい続けた。

もはや高麗の剣客一族の李遜督ではなく、一剣術家として空也に対していた。

（起きよ、眼を覚ませ）

（わしの剣に立ち向かえるのはその方《ほう》、坂崎空也だけだぞ）

と胸のなかに空也に呼びかける言葉が勝手に沸いてきた。

ひたすら剣を振るった。一時として動きを止めることはなかった。

高木麻衣は、遠く離れた空也の横たわる部屋から剣者の発する濃密なる気が伝わってくるのを感じていた。それは、

「殺気」

ではなかった。

「活人」

ともいえるものだった。

異人の剣客たちを多く見てきた麻衣が感じたこともない静なる、だが、

「圧倒的な力」

だった。

いつの間にか一日目の夜を迎えていた。だが、李遜督が全身全霊を込めた、

「気」

が止《や》むことは一時たりともなかった。

二日目の朝を迎え、昼を過ごし、また夜を迎えた。

麻衣もひたすら李遜督の動きが空也の意識を蘇らせることを念じながら起きていた。口にする食い物を奉公人が持ってきたが、見向きもしなかった。だが、水だけは時に飲んだ。

三日目の未明、不意に空也の部屋の動きが消えた。

（嗚呼《ああ》ー）

と麻衣は思った。

李遜督が動きを止めたのは、坂崎空也の両眼がわずかに開いたのを見たからだ。そして左手をかけた修理亮盛光の柄を右手がそろりと摑《つか》んだのを確かめたからだ。

空也と李遜督の眼差しが合った。

（師匠）

と空也の脳裏にこの言葉が浮かんだ。

（刀を抜け、空也）

と李遜督が無言の裡《うち》に命じていた。

空也の手が鯉口を切った。

「おお、それよ。そなたの愛刀を抜いて李遜督に打ちかかれ」

体を仰向けにした空也が胸の前で柄を握る手に力を入れた。

「抜け」

と李が叫び、空也が寝たまま大業物《おおわざもの》の盛光を抜き放った。

「おお、空也よ。生き返ったな」

その声が遠くの部屋に待機する麻衣にも届いた。

麻衣は空也のところへよろよろと走った。この二日間、水しか口に入れていなかった。体を横たえたこともなかった。

麻衣が空也の部屋の扉を開いた。すると空也が寝台の上に寝たまま修理亮盛光を構えていた。

「空也さん、蘇ったのね」

麻衣の両眼からぼろぼろと涙が零れた。

三

涙の顔を不思議そうに空也が見た。

長い沈黙の間があった。

「ま、麻衣さんですか」

「そうよ、麻衣よ」

「わたしはどこにおるのか」

「長崎会所よ。二日前、長いこといた出島の診療所から連れてこられたの」

「わたしが出島になぜいたのであろうか」

「空也さん、覚えてないの」

「なにを覚えてないと申されるか」

問答の間に空也の話す訥々《とつとつ》とした口調の流れが少しずつだが滑らかになっていく。

「空也さん、寝間着の下のお腹の傷を触ってごらんなさい。思い出すかもしれないわ」

「なに、わたしは怪我をしておったか」

と言いながら鞘に納めた修理亮盛光を体の傍らにおき、寝間着の上から触った空也が襟の間から手を突っ込み、傷に触れた。そして、ゆっくりと寝間着を開くと刀傷を見て考え込んだ。

麻衣はその様子を見ていた。

思案する空也が、

「わたしはだれと刀を交えたのだろうか」

と自問した。

「思い出すのよ。長崎にいる人々や、江戸で吉報を待っている坂崎一家や眉月様のために思い出すのよ」

と麻衣が強い言葉を投げた。

「まゆつきさま、眉姫のことだろうか」

「覚えていたのね。もちろん渋谷眉月様よ」

空也は沈黙していたが首をゆっくりと横に振った。それがどのような意なのか、麻衣には分からなかった。

「そうか、わたしはだれかに斬られたのだ」

「それも覚えてないの」

首をふたたび横に振った。

「武者修行の最中にあるのは承知なの、坂崎空也さん」

と麻衣が念押しするように問うた。

「ああ、それは覚えておる」

「この長崎の唐人寺で剣を交えた剣術家を覚えてないの」

幾たび目だろう。

空也が長い沈黙に入った。

麻衣は空也の表情を凝視していた。異人の医者からなにを命ぜられたわけではないが、空也自身が、わが身になにが起こったか、思い出すのが重要な気がして差し出口はしなかった。

「唐人寺でそれがしは戦ったのだ」

と呟き、傍らの修理亮盛光を触った。

「勝手だけど刀は手入れをさせてもらったわ。坂崎空也の身を守り、戦いに勝ち抜いた大事な刀ですものね」

「そうでしたか。研ぎをなしてくれましたか」

空也が刀を摑んだまま寝台の上に起き上がろうとした。

出島の診療所でも長崎会所でも麻衣は空也の痩せた五体を刺激するように鍼灸《しんきゅう》をさせ、按摩《あんま》をさせてきた。それでも二月《ふたつき》前の空也より筋肉が明らかに落ちていた。

なんとか上体を起こした空也が盛光の鯉口を切った。その感触を懐かしむようにしばらく柄と鞘を握っていた空也が、ゆっくりと盛光を抜いていき、一尺余開いたところで止めて、盛光の刃を凝視した。

それは無であった歳月の向こうを思い出すようだった。

「ああー」

と洩らした空也が、

「酒匂太郎兵衛どのと刃を交えたのだ」

と己に言い聞かせるように呟き、

「太郎兵衛どのはどうなされた」

と麻衣の顔を見た。

麻衣は答えなかった。しばらく無言であったが、首をただ振った。

「麻衣さんはそれがしの身になにがあったか承知なのですね」

「酒匂太郎兵衛様と空也さんの勝負を私と鵜飼寅吉さんのふたりが見ていたわ。太郎兵衛が最初にあなたの肩口に軽傷を負わせた。そのあと、あなたの盛光が太郎兵衛様の首筋を、太郎兵衛様の薩摩拵《ごしら》えの刃がその胴を斬り込んで深い傷をつけた」

「太郎兵衛どのはどうなされておる」

「剣術家ならば気を失っていても察することはできるはずよ」

また空也は沈黙し、考え込んだ。

「太郎兵衛様は、崇福寺での戦いで身罷られた」

「なんと」

「坂崎空也は生きていた。私たちは出島に運び込み、異人の医師に怪我の治療を願ったわ。あなたがこうして生きている理由よ」

「なんということが」

太郎兵衛が身罷り、坂崎空也が生き残った。

（相打ちか）

と空也は思った。

「麻衣さん、立ってみる」

と言った空也が寝台の上から床に立ち上がろうとしてよろけた。

麻衣が慌てて支えて、寝台に座らせた。

その姿勢で盛光を傍らに置き、両手を膝《ひざ》に乗せて深々と麻衣に礼を述べた。

「空也さん、あなたが最初に礼を述べるのは江戸におられる坂崎家のお身内や眉月さんよ」

「江戸の方々もそれがしの怪我を承知ですか」

「崇福寺の戦いから二月が経《た》っているのよ。私も長崎奉行の松平の殿様も坂崎家に文を出したから承知よ」

と言った麻衣が、もう一人《いちにん》の空也の蘇生に関わる大事な人物を思い出した。

いつの間にか、空也のいる部屋から高麗人の姿が消えていた。

「空也さん、あなたを正気に戻した人物がいるわ」

「異人館のお医師どのか」

「違うわ」

と麻衣が幾たび目であろう、首を横に振った。

「どなたであろうか」

「あなたをこの長崎会所に移すことを願った高麗人がいるわ」

「高麗人ですか」

と自問するように言った空也は、

「まさか李遜督様ではありますまいな」

「この部屋であなたと李遜督様はふたりだけで二日ほど過ごした。なにが行われたか知らないけど、坂崎空也はそのお蔭で蘇生したのよ」

空也は沈思した。

長い時が流れ、

「夢であろうか。わが師匠が高麗の剣を振るっておいでであった」

「夢ではないわ。李遜督様は渾身の力を込めた剣で坂崎空也の死出の旅路を止めてこの世に蘇らせたのよ。最前までこの部屋におられたのに姿を消されたのはなぜなの」

分かりません、と空也は首を振った。

「李師匠とは、生きておれば必ずお会いできます」

「そうよね。出島の医師ができないことを高麗人の剣術家はしのけたのよ」

と言った麻衣が、

「出島に使いを出して医師を呼ぶわ」

「もはや異人のお医師のご足労は要りません。だが、それがし、礼を申しのべたい」

と答えた空也に頷き、

「いいこと、しばらくこの部屋で休んでいなさい。私は江戸に文を書くわ。あなたの蘇生を知らせる文よ。江戸に一番で向かう帆船に載せるわ」

と言い残すと、部屋から出ていった。

空也は寝台しかない広い部屋に李遜督の気がまだ漂っていることを感じた。

「師匠、礼を申します」

と言った空也は部屋の隅までそろりそろりと歩き、ギヤマンの壺《つぼ》に入った水をごくりごくりと飲んだ。そして、

(生き返った)

としみじみと思った。

部屋の扉が叩かれ、長崎会所の女衆たちが異郷の果物やその果汁の入ったグラスを運んできた。

「なんばしとらすと」

と部屋の隅に立つ空也に女衆のひとりが問うた。

「水を飲んでおったのです」

「なんち言いなると。あんたはんはこん二月死にかけておったとよ。歩いたと言いなると」

「そろりそろりとじゃが頭がふらふらする」

「当たり前たい、無茶したらいけん」

と別の女衆が言い、

「寝台に寝らんね」

と手をとろうとした。

「気持ちは有難いが私の足で歩いてみたい」

と断わった空也は足の運びを注意しながら寝台に向かった。

「魂消《たまげ》たね。なんでん、崇福寺の血だまりに倒れとったげな。こん二月、出島の医師に手術ばうけてくさ、そいでん、気ばのうなって眠っていたとが、いきなり歩きよるばい。若かとがええとやろか。あんたはん、いくつね」

「十九にござる。いや、それがし、二月、気を失っていたとしたら、二十歳になっておろうか」

部屋の隅から家具も調度品もなく寝台だけがある場に戻った空也は、ゆっくりと寝台に腰を下ろした。

「あんたはん、こんマンゴーの果汁を飲まんね。明日には走り出すやろ。異国の果物は滋養があるとよ」

と空也が知らぬ果汁を手に持たせた。

「異郷の果実ですか。馳走《ちそう》になります」

と空也が水を飲んだばかりというのに、初めての果汁を口に含んで、

「甘いな」

と感嘆した。

「二月も死にかけとった人じゃなかごたる。ほんまこつ、明日にも走り出すと」

「そげんことさせたら、麻衣さんに叱《しか》られるたい」

と女衆が言い合ったとき、出島の医師を連れた麻衣が戻ってきた。

部屋の様子を見たオランダ人医師が麻衣に異国の言葉で尋ねた。異人の言葉が分からぬ女衆たちも医師の驚きはその表情で分かった。そして、麻衣になにか尋ねた。その問いに麻衣が答え、異人が、

「もはや私の要はない」

という風に手を振った。

「麻衣さん、異人の先生にお礼を述べてくれませんか。お蔭様で命を存《なが》えることができましたと」

と空也の言葉を麻衣が通詞して、医師が念のためというように空也を寝台に寝かせて聴診器を心ノ臓にあて、脈の強さを診た。

麻衣と医師が話し合う間に、寝台しかなかった部屋に廊下に出されていた家具や調度品が戻された。

医師が空也に握手を求めて、肩を軽く叩き、

「ヨカヨカ」

とどこで覚えたか長崎弁で言い残して出島へと戻っていった。

すでに部屋は元のように家具や調度品が設《しつら》えられていた。

寝台に腰を下ろしたままの空也に麻衣が、

「どう気分は」

「腹に力が入りませぬがいたって爽快《そうかい》でござる」

「ならば、頼みがあるわ」

「なんでしょうか」

「この紙に一行でいいわ。『元気で生きておる』と書いて。あとは私が、意識を取り戻した経緯《いきさつ》を詳しく認《したた》めて江戸へと向かう最初の船に載せる。むろん坂崎家の人々や眉月様に宛てた文よ」

「おお、そうでした」

と寝台から立ち上がった空也が異人の仕事机と椅子があるところにふらふらとしながらも自らの足で移動して腰を下ろした。

「異人の使うガラス・ペンでいい。硯《すずり》と墨に筆はこの部屋にないわ」

「出島で見たことがある筆記具です。使ってみましょう」

と応じると麻衣が出島で使われると同じような便箋《びんせん》を出して仕事机に拡げ、ガラス・ペンの先にインクを浸して空也に渡した。

「なにやらそれがし、異人さんになったような気分です」

と応じた空也が便箋の上に、「坂崎」と書きかけて、

「力かげんが難しいぞ」

と言いながらも、

「坂崎磐音様、母上様、睦月様」

とたどたどしくもガラス・ペンで認めた。すると麻衣が、

「空也さん、承知ね。妹さんは中川英次郎さんと祝言したのよ」

「なに、睦月はもはや独り身ではないのか」

「そうよ。なんでも前の長崎奉行中川忠英様の子息と祝言を上げられたのよね」

「なんと睦月が所帯を持ったか。それで英次郎どのの父親は長崎奉行を務めておられたか」

空也の口調が弱々しくなった。

「ただ今は勘定奉行に出世されているわ。詳しいことは元気になったらすべて話してあげる。ともかくこの用箋に『空也は元気です、生きております』と認めなさい」

麻衣の命で空也は、三人の身内のあとに、英次郎様、門弟ご一統様と書き加え、

「心配をおかけしました。空也は生きております」

と書き足した。

さらに麻衣に新しい便箋をもらい、

「渋谷眉月様、こたびもまた空也は蘇りました。かならずや眉月様と空也は元気で再会を果たします」

と書いた。

「いいわ。あとはこの麻衣にお任せなさい」

と二枚の便箋を取り上げて、空也を書物机から寝台に戻して寝かせた。

「空也さんのただ今の務めは体力を蘇らせ、元気になることよ。分かったわね」

と言い残すと部屋から出ていこうとした。

「姉様、よう分かり申した」

と答えた空也は、独りになった部屋で寝台の上に置いた修理亮盛光を手で触り、両眼を閉ざした。すると一気に疲れを感じた。

閉ざした両眼に父の顔が浮かんだ。

（父上、薩摩の酒匂様一派との戦いはいまだ続くのでしょうか）

空也がただ今案じる懸念を胸の内で問うた。だが、父の坂崎磐音からなんの答えも返ってこなかった。

空也は返答のない父の考えを、

「剣術家ならば常に油断してはならぬ」

と諭《さと》されていると思った。

空也は気を失った自分を蘇生させてくれたのは高麗人の剣客李遜督と告げたか

ったが、もはやその経緯を告げる元気はなかった。

（母上、空也は長崎の人々のお助けで生き返りました）

長い沈黙の間があった。が、

（母はそなたが蘇ることを信じておりました）

という言葉を聞いた気がした。

久しぶりに麻衣などと言葉を交わし、頭のなかで返答の言葉を探すことがこれほど疲れるものだとは考えもしなかった。

なにも考えずただ両眼を閉ざしていた。すると脳裏にひとりの娘の姿が浮かんだ。

（眉姫様、蟬《せみ》は鳴き声をふたたび取り戻しましたぞ）

（そうよ、私のために空也様は蘇ったのよ）

とそんな言葉が耳に響いた。

安心した空也は、ことりと眠りに落ちた。

麻衣は坂崎磐音一家と渋谷眉月に対してこのふた月余の空也の経緯を認めた。

とくに父親の磐音に宛てて、

「こたびそなた様の子息、空也様が胴の大怪我を回復させたのはむろん出島の異人の医師団の力が大きゅうございます。ですが、刀傷が治ったにも拘《かか》わらず正気を失ったままの空也様に対して、高麗人剣術家李遜督が病人の部屋に籠り、二日二晩、渾身の剣技（私の想像に過ぎませんが）を振るったお蔭でもありました」

と認めた。

また李遜督の父親は高麗剣法の達人、神様のような人物で嫡子の遜督は父親の独断を嫌い、いったんは剣の道を捨てたにも拘わらず、空也との出会いで武術の道に戻ったことを書き認めた。

そんな文を、明日の未明に江戸へと向かう長崎奉行所の御用船に積み込むことにした。

むろん当代の長崎奉行松平貴強には坂崎空也が蘇生した経緯を密偵の鵜飼寅吉が報告していた。そこで松平奉行も公儀へ、酒匂太郎兵衛との相打ちに等しい戦いから蘇生までを急ぎ認め、御用嚢《ごようのう》に長崎会所の高木麻衣の文と一緒に積み込んだのだ。

少なくとも十数日後には将軍家斉も坂崎空也の復活を知ることになると、松平奉行はひと安心した。

四

蘇生した日の夕餉《ゆうげ》、空也は重湯《おもゆ》を摂《と》った。

二月ぶりの重湯をゆっくりとさじで口に運ぶ空也のもとへ、高木麻衣と町奉行所の密偵鵜飼寅吉が姿を見せた。

「高すっぽどん、わしを覚えておるか」

と寅吉が問い、にやりと笑った。

「どこぞでお目にかかったお顔ですが。うーむ、そうか五島の島めぐりをした間柄でしたね、小間物屋さん」

「高すっぽも大坂中也ももはや忘れてよかろう。のう、坂崎空也さんや」

「寅吉さん、お礼を申します。それがしが太郎兵衛様に胴を深々と斬られた折り、麻衣さんとふたり、唐人寺の崇福寺から出島に運び込んでくださいましたそうな。そのお蔭で命を存《なが》らえることができました」

「おんし、運がいい武者修行者たい。どこのだれが長崎で大怪我を負い、出島に運び込まれて異人医師たちの治療を受けられるな」

「申されるとおり、坂崎空也は運よき武芸者です」

と応じた空也が、

「寅吉さん、酒匂太郎兵衛様との勝負、どうご覧になりました」

「あの立ち合いな」

「相打ちでしたか」

「ならば、なぜ太郎兵衛はこの世におらん」

「寅吉さんが申されるように運がよい武者修行者と、長崎とは関わりが薄いお方の差ではありませぬか」

しばし寅吉は沈思した。

この問答の間、麻衣は口を挟《はさ》まない。

「空也、あれはそなたが思う尋常勝負ではなかった。酒匂太郎兵衛は酒匂一族の最後の刺客としてあらゆる手立てを講じた。その一つが勝負の場を福済寺《ふくさいじ》から崇福寺に変えて誘《おび》き寄せたことだ。わしも麻衣さんも福済寺が戦いの場と思うておった。さらには酒匂派では鉄砲のごとき飛び道具まで携えた面々を配していた」

「太郎兵衛様が飛び道具を持った配下を崇福寺に配したわけではありますまい」

「そのことを知る知らずに拘わらず太郎兵衛は、策を弄《ろう》したのだ。よいか、空也、そなたはもはや答えを出していよう。酒匂太郎兵衛は、策を弄したゆえに一対一の尋常勝負の切っ先が鈍り、そなたの修理亮盛光に首筋を斬られて即死した」

空也がなにかを言いかけた。

「剣術家が負い目を感じたとき、坂崎空也、そなたの必殺の一撃に寸毫劣ることになった。太郎兵衛が堂々と福済寺で尋常勝負に及んでおれば」

「私が負けましたか」

「いや、さようなことを小間物屋の寅吉は言うてはおらぬ。崇福寺での勝負の結果がいまやはっきりとした。坂崎空也はかくの如《ごと》く生きておる。そなたの五番勝負もまた、勝ちを得たのだ、坂崎空也どの」

と言い切った。

「寅吉さんの申されるとおり、直心影流尚武館の跡継ぎ坂崎空也は勝ちを得たのよ。もはや薩摩の御家流儀の酒匂一派に人材はいないわ。それに薩摩藩もそなたには手は出せないわ」

と初めて麻衣が問答に加わり、言い切った。

「どうしてか」

とは空也は聞かなかった。

麻衣は、修理亮盛光の手入れを研ぎ師に願ったとき、この備前長船派修理亮盛光が、

「葵紋」

の刻まれた刀であることを承知した。

高すっぽとか、名無しとか、大坂中也と呼ばれてきた空也は、徳川家の御紋刀の持ち主、坂崎空也なのだ。

「空也さん、聞いていい」

と麻衣が話柄を変える口調で言った。

「なんなりと。お二方はそれがしの命の恩人にございますでな。ただし答えられぬ問いはお許しくだされ、麻衣さん」

「李遜督さんとは、剣友同士よね」

「剣友と呼ぶには相応《ふさわ》しくございませぬ。それがしの師匠のおひとりです」

「剣術家は厄介な生き物よね。いつの日か、坂崎空也は李遜督と戦う運命《さだめ》にあるの」

「李先生とそれがしがですか。その折りは弔いの仕度をおふたりに願います」

「李の弔いか、空也の葬式か」

と寅吉が聞いた。

「むろんそれがしの弔いです」

「それほど李遜督は強いか」

「天と地の違いがございます」

と空也が言い切り、

「ゆえにそれがし、師匠の李遜督様とは剣を交えぬように努めます」

「相手が許してくれぬときはどうするの」

「麻衣さん、その折りは弔いの仕度をお願いいたしますと申し上げました」

「この問答、なかったことにするわ。いいわね、坂崎空也さん」

「はい」

「長居をしたな、また見舞いにくる」

と鵜飼寅吉が言い、麻衣といっしょに夕餉の途中の空也の部屋から辞去した。

数日後、麻衣と寅吉が空也にあてられた洋間を訪ねると、空也の姿がなかった。麻衣が慌てて長崎会所の女衆を呼んだ。麻衣が空也の介護をするように命じていた女衆だ。

「この部屋の主はどうしたの」

「麻衣様のお許しとか、会所のなかを歩いておられます」

と女衆が許しそうな顔を麻衣に見せた。

「ああ、そうだったかしら」

と曖昧な返答をした麻衣が、

「いまどこにいると思う」

「さて、どこでしょう」

と首を傾《かし》げた女衆を尻目《しりめ》にふたりは広い会所を探すことにした。

一方、女衆はつい最近まで病人だった若者が昨日からもりもりと食事を摂ることを麻衣に伝えるのを忘れていた。

幕府の直轄地である長崎会所の拝領地は、公には五百四十四坪（およそ千七百九十五平方メートル）しかない。だが、敷地に隣接した抱え地を蔵屋敷などと称して所有しており、拝領地の十倍もあった。そこへ何十棟の蔵や庭が配置されていた。

ふたりがそれなりに広い会所を探すと、鉄砲の試射場から人の気配がして、床を足裏がする音といっしょに木刀の素振《すぶ》りの音が聞こえた。

ふたりは顔を見合わせた。

「信じられるか」

寅吉の問いに麻衣が首を振った。

「高すっぽは人間じゃなかぞ」

「涼やかな顔の化け物なの」

「そういうことだ、麻衣さん」

ふたりが鉄砲の試射場に入ると、試射場と的の間の長さ四十間、幅十八間の板の間で空也が木刀の素振りをしていた。

ふたりが知る五島列島の空也の素振りの速さはむろんない。だが、並みの剣術家が振るう素振りの動きをしていた。

ふたりは茫然と空也の動きを見ていた。

異人の時計で三十分も経ったか、不意に空也が素振りを止めてふたりを見た。

「ダメですね。自在に木刀を使えません」

「当たり前たい。高すっぽ、七、八日前まで意識を失っていたのだぞ。それがどうしてかような動きができるとな」

と寅吉が叫んだ。

懐から手拭いを出して顔の汗を拭《ふ》いた空也が、

「そうですね。李遜督先生が本身を使い、それがしに気を入れてくださいました。そのお蔭でかような素振り程度はできるのだと思います」

「剣術家とは何者なの」

「さあて、大砲や鉄砲の御世に刀や木刀を振り回すのは変わり者ですよね。それは自分でも承知しています」

「ともかくたい、坂崎空也も李遜督も人間じゃなか」

と寅吉が言い切った。


江戸の神保小路。

三月半ば、桜の花の咲き誇るようになった頃、坂崎磐音はいつものように尚武館道場に出て門弟たちに稽古をつけていた。そんな門弟の中には新入りの者もいれば、玲圓時代、小梅村時代を含め、十数年以上も通っている古手の門弟もいた。

弟子の指導の最後には睦月の亭主の中川英次郎と稽古をした。

近ごろの習わしだ。もはや門弟の多くはそのことを承知していた。むろん坂崎家のひとり娘、睦月の亭主ということもある。そして、兄の空也が武者修行の最中、傷を負って昨年末より意識不明の状態にあった。もしもの場合、英次郎が尚武館の後継に就く可能性もあった。

英次郎は、尚武館道場の数多《あまた》の門弟のなかで、際立った剣術家ではない。おそらく門弟衆のなかで十位に入る技量かどうか。英次郎自らもそのことを悟っていた。ゆえに師匠であり、舅の磐音との稽古では小細工なしで立ち向かった。

どれほど英次郎と木刀を交えたか。

この日、珍しく小梅村の坂崎道場で日々を過ごす弥助が神保小路に姿を見せていたが、その弥助が磐音と英次郎の稽古の傍らに書状を手に立った。

まず指導中の磐音の傍らに立つ門弟などいない。まして長年の付き合いの弥助がなす行いではない。

磐音は英次郎の動きを見つつ弥助の手の書状を見てとった。

目顔で英次郎に稽古を中断することを告げて木刀を引いた。

「稽古中、申し訳ございません」

と詫びた弥助が小声で、

「長崎から文にございます」

と告げた。

その言葉を聞いた英次郎が、はっ、とした。一方、磐音はしばし沈思し、書状の差出人を確かめると、

「弥助どの、英次郎どの、関わりの人々に声をかけてくれませぬか」

と願った。

ふたりが承知したという風に頷き、道場から姿を消した。

磐音は一年前に入門した直参旗本の嫡子磯貝孫兵衛《いそがいまごべえ》を招いて指導を始めた。

弥助が磐音に書状を渡して一刻半（三時間）後、母屋に続々と坂崎家との関わりが深い人々が集まってきた。武家方では速水左近や次男の米倉右近《よねくらうこん》、尚武館の高弟たち、小梅村の道場を預かる田丸輝信と早苗夫妻や客分格の小田平助、向田源兵衛ら、御典医桂川甫周、磐音の古い友の品川柳次郎と武左衛門、町人方では両替屋行司今津屋吉右衛門に大番頭の由蔵、さらには重富利次郎に珍しく力之助を抱いた霧子夫婦、そして、覚悟を決めた表情の渋谷眉月がいた。

いつもなら朝餉《あさげ》と昼餉を兼ねた食事を終えて半刻《はんとき》（一時間）以上も過ぎた九つ半近くだ。だれもが無言で仏間から出てこない磐音を待ち受けていた。

「おまえ様」

とおこんが声をかけた。

「長いことお待たせ申して相すまぬ」

と己に言い聞かせるように応じた磐音を一同が姿勢を正して待ち受けた。

磐音は仏間から広座敷に出ると、速水左近と今津屋吉右衛門の間に座した。その衿《えり》には書状が挟まれていた。

「ご一統様、急な招きに駆け付けられたことを坂崎磐音、感謝申し上げます」

武左衛門がなにか口を開きかけたが、隣に座る品川柳次郎に膝を抑えられて黙り込んだ。

磐音が襟元の書状をとり、

「差出人は肥前長崎会所高木麻衣どのにござる」

と言い、一同の前で封を披いた。

「まだ書状をお読みではございませんでしたか」

と今津屋の大番頭由蔵が質した。

「この書状、坂崎家の身内と呼ばせていただくご一統様といっしょに読みたく思いました」

と前置きした。

一同が頷いた。

磐音がゆっくりと異人の使う封書を開いた。

一枚目の用箋に眼を落とす前に磐音は一瞬瞑目し、両眼を、
クアッ
と見開いた。そして用箋に眼差しを落とすと、一瞬磐音の顔が凍り付いたように思えた。一同は覚悟した。

次の瞬間、磐音の顔に微かな笑みが浮かんだ。

「坂崎磐音様御身内様一同
長崎会所の高木麻衣より急告申し上げます。

このふた月余、意識を失っていた坂崎空也様は蘇生なされました」

磐音が言葉を切った。

その場に沈黙が続いていたが、直後、

「おおっ」

というどよめきにも似た歓声が上がった。

しばしその歓声を楽しむように見ていた磐音が目顔で一同に書状を読み続けることを告げた。

「胴に負うた深傷は完治致しておりましたが、空也様の正気は戻りませんでした。

もはや上海から来崎したカートライト医師も出島の医師たちも空也様自身の秘めたる力と運しか策はないとのことでした。

そんな折り、長崎会所に李遜督と名乗るひとりの高麗人剣術家が見えて、私に空也様の現況を聞かれました。この遜督様、高麗剣法の第一人者李智幹氏の嫡男でございます。

遜督様は父のもとを離れて独自の剣術を模索されておりましたが、空也様と遜督様は壱岐島《いきのしま》の猿岩《さるいわ》においてふたりだけの稽古をなし、長崎にてもふたりだけの密度の濃い稽古をなした間柄でございます。

また李遜督氏も坂崎空也様も父御が剣術の第一人者、なれど遜督氏と父御との関わりは、複雑なる間柄と私は察しました。

話を戻します。

私の話を聞いた李遜督氏は、『空也とわしのふたりだけになれぬか、二日二晩でよい』と申し出られ、私ひとりで判断し、空也様を出島より長崎会所に引き取りました。そして、李遜督氏と意識不明の空也様のふたりだけに致しました。

遠くから伝わる気配は李遜督氏が空也様に向かって剣を振るっているような、そんな様子でございました」

磐音は麻衣の書状を読むのを数瞬やめて、大きく首肯した。

その様子を見た速水左近は、

（剣術家は剣術家の行いを知るや）

と思った。

「三日目未明、私はふたりだけの部屋の気配が違うことを感じておると李遜督氏が、

『おお、空也よ、生き返ったな』

という歓喜の叫び声をあげ、私が部屋へ走ると、寝台の上で寝たままの空也様が鞘から抜いた刀を構えておいででした。

坂崎磐音様、ご一統様、刀剣は人を傷つけもし、助けもすることを、私は初めて知りました。

もはや私が書くべきことはございません。

空也様が母上様に認めた一行をご覧くださいまし」

と言った磐音が文の先を速読し、おこんに渡した。そして渋谷眉月に視線を向けると、

「お屋敷にお戻りになれば高木麻衣様の筆に空也が書き添えた文がそなたのもと

へも届いておりましょう」

と告げた。

「坂崎様、空也様の蘇生を眉月は信じておりました」

と笑みの顔で言い切った。

そのとき、おこんが高木麻衣の書状を胸に抱いて、両眼から涙を零していた。

「おこん、よかったな」

と養父の速水左近が、ちらりと眉月を見て、こんに話しかけた。

「は、はい。なんという日でございましょう。坂崎磐音の内儀《ないぎ》は眉月様のように毅然とした態度がとれません。養父が速水左近とは申せ、深川六間堀町で生まれた町人の出は否《いな》めません。ご一統様、お見苦しい坂崎こんをお許しくだされ」

と一同に詫びた。

すると傍らにいた睦月と眉月がおこんの肩を両側から抱いた。

「よかよか、よか日和《ひより》たい。坂崎空也は、生きとると」

と小田平助が言い、座敷に、

「うおおっ」

という泣き声が響き渡った。

と娘の早苗が武左衛門を睨《にら》んだ。

「よかよか、武左衛門さんの喜びの泣き声がくさ、長崎の空也さんのもとに届くくらい泣きない」

と弥助が三助年寄りの仲間の平助の真似をして言って、一座に和《なご》やかな雰囲気が漂った。

「坂崎磐音様、そなたとおこんさんの不安な日々はまだまだ続きそうですな」

と由蔵が磐音に質した。

「空也がこの神保小路に戻るまで続きましょうな。いつになることやら」

と磐音が霧子を見た。

この場で一言も発しなかった霧子は力之助を抱いたまま何事か思案していた。

一方、英次郎もまたどこか肩から力が抜けたようで安堵の表情に浸っていた。

第三章　飛び道具

一

空也はふたたび出島に滞在していた。むろん蘇生した心身の傷がぶり返したわけではない。

瀕死の怪我人として二月《ふたつき》以上前、出島に運び込まれた空也だが、正気に戻らない。そこで高麗人剣術家李遜督の提案もあり、出島から長崎会所の一室に身をいったん移した。

空也と遜督ふたりきりで二日二晩の時を過ごした空也は意識を取り戻した。そのうえ数日後には剣術の稽古をしていると聞いた出島の医師が、その様子を見にきて、

「信じられぬ」

と驚愕した上、高木麻衣に、

「マイ、クヤを私どものもとへ戻し、われらが監視しながら少しずつ運動を増やすことをせぬか。クヤは、武者修行中の若武者だな。この状態で新たなる相手に襲われたら、いくらクヤといえどもひと溜まりもあるまい」

と忠言した。

出島の医師たちは空也《くうや》と呼ぶのは難しく、クヤとか、クーヤとか、

「クー」

とか愛称で呼んでいた。

もっともな話だ。

麻衣は長崎会所の町年寄高木籐左衛門や長崎奉行松平貴強に相談し、同意を得たうえで密かに出島に戻したのだ。

この寛政十一年の長崎への入港は、公にはオランダ船一隻《せき》、唐船五隻であった。

この数字は飽くまで公であって、実際はこの数倍であった。むろん長崎の内海まで入津してくる船はこの数字だが、長崎の沖合などで荷下ろしが行われ、長崎会所所有の帆船で湊《みなと》まで運ばれてくる荷物もある。つまり抜け荷、密輸だ。

　これらの異国からの抜け荷の品々もまた、

「長崎口」

　として長崎会所が扱い、長崎奉行所にはそれなりの金品が渡された。

　そんな事情を抱える出島としては、なにかと頼りになる空也には元気を取り戻してほしいと考えていたのだ。

　空也は病間に使っていた部屋にこたびは健常者として入り、異人館の荷倉を使った道場で医師の監視のもと、稽古を続けることになった。

　ときに異人たちが遊びで空也に、

「クー、どうだ、立ち合い稽古をせぬか。そなたが元気であったら、とても太刀打ちできぬでな。心身が十分でないただ今、立ち合って一本くらい勝ちを得たい」

　などと通詞や、時に姿を見せる麻衣を通して言ってきた。

　その誘いを聞いた空也が、

「宜《よろ》しゅうございます」

　とあっさりと受けたので、医師たちが、

「いくらなんでも痩せ細ったクヤに勝ったとて自慢にもなるまい」

と止めた。

だが、麻衣の通詞で医師の言葉を聞かされた空也は、

「お医師どの、われら武者修行者はどのような立場にあっても戦わねばなりません。病だから、怪我をしているからと言って、勝負は断れませぬ」

と立ち合いに応じた。

ちょうどその折りも、医師や空也との間の通詞を麻衣が行い、

「セニョール・ゴンザレス、全力を出すでないぞ」

と最後に医師が念押しして囁き、立ち合うことになった。

相手は空也が元気な折り、南蛮製の剣と木刀で立ち会ったことのあるフランシスコ・ゴンザレスという名のイスパニア人で、出島では三指に入る剣の遣い手であり、彼の本国と長崎の間で諸々の品物を交易するのが本業だった。

バタヴィアから長崎への航路や、バタヴィアから欧州への航海中に海賊船に幾たびも襲われた経験もあり、修羅場を潜っていることを自慢していた。

「クヤ、そなたの体を傷《いた》めつけぬように、稽古用の刃引きした剣を使うでな」

と麻衣を通してゴンザレスが言った。

「麻衣さん、それはなりません。稽古であれ、生半可な立ち合いは却って危険で

す。本身で本気にて打ちかかりなされと伝えてください」

　と願った。

　麻衣とゴンザレスがしばし問答をして、ゴンザレスが首を捻った。

「二月も意識不明で寝ていたクヤと本気の立ち合いか、うーむ、やはり、わしが勝ったところでなんの自慢にもならぬか」

　と言いながら、それでも元気な折りの空也の動きと力を思い出して本身の剣を素振《すぶ》りした。

　空也は木刀ではなく竹刀《しない》で立ち合うことにした。

「うん」

　と互いに納得した様子のゴンザレスと空也は、医師や仲間たちが見守るなか、荷倉道場で間合い一間で向き合った。

　空也は船上で烈風に遭《あ》えば海に吹き飛ばされそうなひょろりとした体に痩せていた。

　だが、ふたりが本身の南蛮剣と竹刀を構え合った途端、空也の痩せた体に気が宿り、ぴーんと張りつめた闘争者の顔付きに変わった。

　ゴンザレスが一瞬驚いた。だが、即座に細身の南蛮剣を半身で構え直すと、異国の気合か、大声を上げて空也に突きかけた。

空也は不動の姿勢でゴンザレスの剣を弾《はじ》いた。

えっ
という驚きの顔で気合を入れ直したゴンザレスがふたたび間合いを詰めて、左右から剣を振るって空也に襲いかかった。

だが、不動のまま空也は竹刀で南蛮剣を弾き返していく。

ゴンザレスの仲間たちが、

「相手は最近まで意識を失っていた病人だったのだぞ」

とでも言っているのか、鼓舞するように叫び声をあげた。

ゴンザレスは、

「おかしい」

と言った表情で本気を出して力を貯め、一気に襲いかかった。

医師が止める暇はなかった。

不動の空也が引きつけた。

後《ご》の先《せん》。

剣の鋭い切っ先が空也の胸を突き刺そうとした瞬間、竹刀が躍って剣を弾き、

返す竹刀で、

ぴしり

と音を立てて剣を握った手首を叩いた。

「あっ」

と叫び声を洩らしたゴンザレスの手から剣が飛んで床に落ちた。

だれも声を発しなかった。

医師のひとりが麻衣になにかを告げた。

空也はひっそりと立っていたが、ゴンザレスに、

「大丈夫ですか」

と声をかけた。

麻衣がゴンザレスに空也の案ずる言葉を通詞して空也に、

「お医師も『サムライとは空也のような若武者を呼ぶのか』と質されたわ。私は、空也は格別なサムライです、と答えておいたわ。どうなの、空也さんの調子は」

「麻衣さん、悪くありませんよ。それもこれも麻衣さんや出島のお医師方、それに李遜督どののお蔭です」

と空也が言い切った。

ゴンザレスがふたりの傍らに来て空也の手を握り、上気した体《てい》で何事か言った。

空也が麻衣を見た。

「私は愚かなことをした。怪我人であり、病人だったクヤに本気で剣を振るい、あっさりと負かされた。私は巨大な風車に槍《やり》で挑みかかったドン・キホーテの如く、独りよがりであった、とゴンザレスは言っているわ。この風車に挑む騎士は、イスパニアの、セルバンテスという有名な作家の騎士道物語のなかに出てくる人物よ」

「麻衣さん、それがしは風車でござるか。それほどの力はありませんよ」

と空也が笑った。

またゴンザレスが空也を見ながら麻衣に言った。

「ゴンザレスさんは『空也になんぞ教えることがあればいつでも言ってくれ。私は空也のためになにかをしたい、教えたい』そうよ」

「有難うとは異国の言葉でどういうのです」

「有難うはオランダ語ではダンキューよ。でもね、彼はイスパニア人よ」

と言った麻衣が常に持ち歩いている手帳にペンで、

「グラシアス、これが彼の国の感謝の言葉なの。その言葉にセニョール・ゴンザレスとつけるとより丁寧になるわ」

空也が、手を握って離さないゴンザレスの手に己の手を重ねて、その眼を見ながら、

「グラシアス、セニョール・ゴンザレス」

と言うと、驚きの顔をしたゴンザレスが、空也の手を振ってなにか早口で喋《しゃべ》りかけた。

「空也さん、もはや私の手に負えないわ。分かることは彼が空也の人柄に感動していることよ」

と言った。

こんなことがあって以来、ゴンザレスと空也は毎日のように稽古をした。ゴンザレスはヨーロッパ人の剣の使い方を、空也は剣術の基《もとい》の技を教えあった。

そんな交遊が続くうちに、空也は失った筋肉と食欲を急速に取り戻していった。

出島の食堂の食い物は決して美味《おい》しくはなかったが、和人が食い慣れない牛や豚に鶏など多彩な肉食と羊の乳から作るケソ（イスパニア人のゴンザレスから教わった）やラカンと呼ばれるハム、鶏肉のパスティソップなど滋養分の高い食い物が、衰えた空也の肉体を日々改善していった。

空也は出島で暮らしながら用箋にガラス・ペンを使い、江戸の神保小路の坂崎家や西の丸下の大名小路《だいみようこうじ》の薩摩藩邸の渋谷眉月に文を書いて、麻衣に願い、長崎奉行所の御用船や会所の所有船に載せてもらうことにした。

ある日のこと、空也は道場で独り稽古をしていると床下から鈍い音がするのに気付いた。物音はしばしの間を置いて繰り返された。

空也はその音が短筒《たんづつ》の試射の音だと気付いた。

道場の下には異人たちの試射場があるのだ。

ある日、麻衣が出島を訪れた折りに空也が、

「床下は短筒の試射場のようですね」

「あなたなら、いつかは気付くと思った」

「長崎会所の試射場より大きいのかな」

「比べ物にならないくらい大きいわ。鉄砲の試射もするから的まで八十数間はあるわね」

「なんと鉄砲の試射場がさように長いのですか」

「空也さんは剣には詳しいけど飛び道具は得意ではなかったわね」

と常に後ろ帯に堺筒《さかいづつ》と呼ばれる和人の女用に造られた短筒を隠し持つ麻衣がいった。

「もはや鉄砲や大砲の時代だと承知していますよ」

「だけど坂崎空也は刀に拘《こだわ》るのよね」

「古くから伝わる剣術には剣術のよさがありそうでね」

頷いた麻衣が、

「空也さんは眼がいいわよね。短い間合いから斬り込まれ、突かれる刀や剣の動きを即座に把握するのですものね」

と話柄を変えた。

「さあ、眼がいいかどうか、考えたこともありません」

しばし考えた麻衣が、

「いいこと、これから訪ねる場所は長崎でも内緒の場所なの。それを承知ならば、本来ないはずの出島の試射場をご覧にいれるわ」

と言った麻衣が異国からの物品が積まれた一角の間に抜ける迷路を伝い、床板を押し開けると、ずーん、と響く銃声が空也の耳に届いた。

石垣に囲まれた射撃場の長さは百間余、幅三十数間はありそうだった。

ゴンザレスが長い銃身の鉄砲を構えていたが、ふたりを見ていったん構えを解くと麻衣に何事か質した。

「空也さん、あなたが鉄砲に関心を抱いたか、ですってよ」

「セニョール・ゴンザレスは鉄砲の名手ですか」

「異国船に乗り込んで航海してきた異人はだれもが剣も銃も使えるわね。大海原には海賊があちらこちらにいるからね」

と言った麻衣がゴンザレスと短い問答をした。

「この射撃場の副責任者でもあるの、彼」

とゴンザレスの立場を告げた。ということは、ゴンザレスは交易品として銃器を扱っているのかと空也は思った。が、そのことに触れることはなかった。

「麻衣さん、ゴンザレスさんの持つ鉄砲は、どこの国のものですか」

「スプリングフィールドM１７９５マスケット銃といってアメリカ製よ、でも元になった銃があるの。フランス国のシャルルヴィルM１７６３マスケット銃を改良したものよ」

と麻衣が迷いもなく答え、ゴンザレスがふたりの問答が分かったかのようにマスケット銃を構え直した。

八十数間先の的は一尺五寸程度の円形のものだった。

空也の眼には真ん中の小さな円が二寸ほどと見えた。これまでゴンザレスの撃った鉄砲の弾痕《だんこん》は的の外延部に寄っていた。

慎重に狙ったゴンザレスが引き金を引いた。いや、引いたというより絞り込むように動かしたのを空也は見た。そのほうが長い銃身がぶれないのだろう。

一瞬にして八十余間を飛んだ銃弾は真ん中の小さな円から五寸余右寄りに撃ち込まれた。

空也が感嘆し、麻衣に問うた。

「麻衣さんの堺筒はこの的を狙えますか」

「短筒の弾が届くのはせいぜい十間といいたいけれど、相手を傷つけられるのは、まあ三間というところね」

「なんと三間ですか。それがし、奈良尾で初めて麻衣さんに会ったとき、堺筒を恐れていましたが、三間以上離れれば銃弾は当たらなかったのか」

と自問自答した。

「そのとおり、ただし空也さんもまた私が堺筒を構えているかぎり修理亮盛光で私を斬ることはできない。堺筒は身を守るためよ。恐れる要はなかったし、恐れている風もなかったわね」

「いえ、島の人々の話から麻衣さんを江戸から来た密偵かと思い、短筒も麻衣さんも恐れていましたよ」

と過ぎし日々を思い出した。

「そうきいておくわ」

と言った麻衣が後ろ帯から堺筒を抜き、安全索を外して射場に立った。

ゴンザレスの隣の射場だ。

「空也さんが剣の達人になるために短筒の効き目を見せておくわ」

そう言った麻衣が両手で銃把《じゅうは》を握り、銃口を垂直に天井に向けた。そして、ゆっくりと中段へと下ろしてきた。

まるで刀の構え、上段から中段へ、正眼《せいがん》の構えに切っ先を下ろしてきたように、
ゴンザレスのマスケット銃よりも銃口が水平になる前に止めて、息を止めた。

直後、麻衣の指が引き金を絞った。

マスケット銃よりも軽やかな音が響いて小さな銃弾が飛んでいくのが見えた。

緩《ゆる》やかな円弧を描いた銃弾が的の端っこに当たった。

「ブラボー」

とゴンザレスが叫んだ。

堺筒で八十余間先の的を射るのは至難の業《わざ》であることは空也にも察せられた。

「当たっても堺筒の弾の威力は、空也さんにとって蚊が刺した程度のものよ」

「それでも相手を近づけぬことはできるし、なにより自分の身が守れる」

「そういうことよ。堺筒を撃ってみる」

と麻衣が空也に堺筒を差し出した。

「麻衣さん、できることならばゴンザレスさんのマスケット銃の操作を教えてくれませぬか。操作法を身につけたあと、試射がしとうございます」

「空也さんらしい返答ね。豆鉄砲の撃ち方なんか見せるんじゃなかったわ」

と言った麻衣がゴンザレスに通詞した。

ゴンザレスが空也を見て頷いた。

この日、射撃場でゴンザレスの解説を麻衣が通詞してとことん操作法を教えられた。また銃弾を装塡《そうてん》せずマスケット銃を構える姿勢まで伝授された。

なんとなくマスケット銃の操作法が分かったとき、ゴンザレスが麻衣になにかを告げて麻衣もゴンザレスに言い返した。

「空也さん、あなたの武器の操作に対する姿勢が素晴らしいとゴンザレスが褒《ほ》めているわ。クヤならば、剣術同様に必ず的確な撃ち手になると信じているって」

「さてどうでしょう」

と空也が首を捻った。

「そのマスケット銃、銃弾なしならば部屋に持っていっていいそうよ」

「おお、それは素晴らしい。部屋にいても退屈する間もありません」

射撃場から自室に戻った空也は卓の上でマスケット銃を分解し、組み立てる作業を幾たびも繰り返した。

夕餉の刻限、食堂で会ったゴンザレスが、

「どうだ、マスケット銃の扱いが分かったか」

という問いを投げかけた。むろん言葉は分からなかったが、仕草でマスケット銃のことだと空也は理解できた。

「セニョール・ゴンザレス、マスケット銃の仕組みはおよそ分かったぞ」

と答えて、その仕草をしてみせた。

その動作を見たゴンザレスが、よくやった、という風に褒めたと思った空也は、

「グラシアス」

と感謝した。

「ふっふっふ」

と破顔したゴンザレスが仲間に事情を告げて、最後に空也が酒を飲めればよいのだが、という風にグラスで酒を飲むふりをしてみせた。

二

磐音は、長崎奉行松平貴強と長崎会所の町年寄高木籐左衛門と姪御の麻衣に、空也が蘇生したことに多大な感謝をする丁重な書状を出した。

一方当代の長崎奉行のもとには前代の中川忠英からも書状が届き、空也の回復についてなんとか努力を願いたいとの内容とともに、予想もかけないことが認《したた》められてあった。

なんと「大坂中也」の偽名で奉行所の一員として使っていた坂崎空也の実妹睦月と中川の次男英次郎が祝言を上げて、坂崎家と現勘定奉行の中川家は深い間柄であることが付記されていたのだ。

（なんということか）

ともかく空也が出島の医師団と高麗人の剣術家の力で蘇生したことは松平貴強

にとって安堵する話だった。

磐音は町年寄の高木籐左衛門に感謝の気持ちを伝えながらも、姪御の麻衣に幾たびも坂崎一家が深謝していることを認めてきた。

その書状の一部には空也の母こんの文章もあった。

「高木麻衣様、空也が正気に戻ったことを私は麻衣様のお力があったからだと固く信じております。長崎が江戸から近いならば飛んでいき、麻衣様にお礼を申し上げたい気持ちです。

麻衣様、有難うございますという月並みの言葉しか浮かびません。母の気持ちをお察しください」

と書かれたこんの字に涙にぬれた跡が残されていた。

また出島に滞在する空也のもとには、麻衣も直に知る渋谷眉月からの文が長崎会所気付で届いていた。むろん母親のおこんからも空也に宛てた文があった。

麻衣が眉月とおこんの文を出島の空也に届けると、空也は豚や羊や鶏などが飼われている出島の一角の庭にいて、修理亮盛光を抜いては鞘に納める動作を繰り返しおこなっていた。その家畜の囲いのそとには何匹もの犬と猫が春の陽射しを浴びて、空也の独り稽古を見ていた。

出島の犬や猫や家畜たちも空也が異人たちの仲間と信じているようで真剣を抜き上げたところで警戒する風もない。

出島の沖合に江戸からの御用船が着いたのを空也は見ていた。そんな余裕も空也に出てきた。

空也の体力が回復すると同時に盛光の扱いも以前の迅速軽快な動きに近づいていた。

どれほどの時が経過したか。

「空也さん、大事なお方から文が届いているわよ」

と麻衣の声がした。

納刀した空也は、

「母上と眉月どのですか」

と二通の書状を懐かし気に受け取りながら江戸からの御用船に載っていた文だと思った。

「むろんそうね。ところで先の長崎奉行中川家と坂崎家は、いまや縁戚となったことをあなたは承知しているわよね。正気に戻ったとき、一度話したから。中川様が松平様に宛てた書状にも書かれてあったのよ」

「えっ、妹の睦月が尚武館の門弟中川英次郎どのと祝言を上げたということですか。それがしは初耳のような気がいたします。真《まこと》にびっくりしました。武者修行に出た折り、さような雰囲気がふたりの間にあったとは、考えもしませんでした」

「だって空也さんは、豊後関前から十六歳で薩摩へと旅立ったのよね。剣術しか頭にないあなたが門弟と妹御の間柄に格別な想いがあるなんて江戸にいたとしても気付かないでしょうね」

「うーむ、そうか。麻衣さん、それがしの武者修行もそれだけ長くなったということですか」

「まるで他人事ね。文は読まないの」

「母上の文はなんとなく察しがつきます。文はあとで部屋にて読みます」

と応じた空也に、

「空也さん、あとひと月もすると心身は元に戻りそうなの」

と麻衣が質した。

「いまのところ五分も体力は戻っていません。そうだな、二月もあると元の坂崎空也に戻ります」

と言い切った。

「二月か」

と麻衣がなにか用事でもありそうな口調で応じた。

「麻衣さん、なにかそれがしに用がありますか」

「あるの」

「なんですか」

「オランダ屋敷にとっても長崎会所にとっても、いや、公儀にとっても重要な取引きがあるの」

取引きが公の異国交易ではないことと、空也も察することができた。

「麻衣さん、それがしが役に立つならばいつでも命じてください。長崎の外海での取引きですね」

「まあ、そんなところね」

と応じた麻衣が、

「どう、マスケット銃の仕組みはもはや理解できた」

「目を瞑《つむ》っていても銃を分解し、組み立てることができます」

と空也が言い切った。

「銃という武器が空也さんに加わったのかしら。射撃場で実射してみる」

と麻衣が空也の決意がどの程度か知りたい様子で唆《そそのか》す問いを吐いた。

「それがしに実射をせよと申されますか。異国の武器を知ることは和国にとって大事なことかと思います。ぜひオランダ屋敷の許しを得てください」

「ならば私に従っておいでなされ」

と麻衣がなんと出島の大半の異人たちが食事をする食堂に空也を連れていった。

朝餉は食したばかりで昼餉には早かった。食堂の厨房《ちゅうぼう》はがらんとしていた。

そんな厨房に空也を連れ込んだ麻衣は、まるで異人の女衆のように出島のすべてを承知していた。大きな竈《かまど》がある裏手の納戸《なんど》のような扉を開けると鉄の階段があった。

地下の射撃場には一か所だけではなく何か所か出入口があるのだ。

麻衣と空也が射撃場に入っていくとふたりのオランダ館の館員が試射をしていた。ひとりはフランシスコ・ゴンザレスで、もう一人《いちにん》は空也の初めて会う人物だった。

ふたりに気付いた異人たちも試射を止めた。ゴンザレスがマスケット銃を携えた空也を見ながら、もうひとりの人物に説明していた。

「空也さん、あなたが意識を失っている折りに上海から赴任してきたオランダ人のミランダ副総督よ。銃と剣の名手と聞いているわ。いまゴンザレスがあなたのことを説明しているけど、おそらくすでに坂崎空也のことは承知ね」

と麻衣が言ったとき、ふたりがこちらを見た。

ミランダの背後の小机に美しい革張りの小箱があるのが空也に見えた。年代物の豪奢《ごうしゃ》な箱だった。

「あれはね、ヨーロッパの貴族などが所有する決闘用の二挺短筒ね」

と麻衣が教えた。

ゴンザレスが、

「クヤ、ドヤ」

とマスケット銃を差した。

頷いた空也は手にしたマスケット銃を麻衣に渡し、腰の大小を腰帯から外すと麻衣のマスケット銃と交換した。そして、襟元から布切れを取り出し、空いた射場に入り、マスケット銃を横にして射場の卓の上においた。

「麻衣さん、よく見てくれ、とふたりに告げてくだされ」

と布切れで両眼を覆った空也が麻衣に通詞を願った。

そのうえでM1777マスケット滑腔銃《かっこうじゅう》の銃身と銃床の間の部品を次々に外していき、丁寧に卓に並べた。そして、点検するように部品を差して数え、分解が完全であることを確かめると、こんどは反対の順番で組み立てていった。

その様子をミランダ副総督とゴンザレス、そして、麻衣が無言で見ていた。空也が目隠しの布切れを外すと、ゴンザレスが、

「クヤ、ブラボー」

と褒めてくれた。そして、麻衣に話しかけて通詞を願った。

「ゴンザレスは、あなたに実射をさせたがっているわ。試してみる」

「それがし、初めての鉄砲試射か」

と言いながら、ゴンザレスに、

「頼もう」

と願った。するとどこからか17・5ミリの銃弾を取り出して一発渡してくれた。

「グラシアス」

とイスパニア語で礼を述べた空也はどうやって銃弾を入れるか、過日ゴンザレスの試射を見てすでに確かめていたから、即座に銃弾を銃口から装塡した。

「空也さん、あなたはさすがにマスケット銃を撃ったことはないわね。鉄砲は帆

船での戦いにも効果を発揮する飛び道具だけど、そうやって銃口から銃弾を入れるのに時を要するの。とはいえ、手慣れた射撃手だと一発撃ったあと、銃身を弾替えするのに二十秒とはかからないそうよ」

と麻衣が念押しした。

「二十びょうとは時の長さかな」

麻衣が空也の大小を卓に載せると、

「そうよ、ほらご覧なさい。この懐時計《ふところどけい》の秒針がここからここまで動く間が二十秒よ」

と麻衣が指先で差して数えながら教えた。

「うーむ、なんとも短い時で弾替えするものですね。それがしは、四半刻《しはんとき》（三十分）はかかりそうだ」

「それだといくつ命があっても足りないわね。弾替えの稽古はあとにするとして、まずマスケット銃を体験することね。空也さん、立ったまま構えてみて」

と命じた。

空也はゴンザレスの射撃を見覚えていたから即座に右肩に銃床をあてて、銃身の先端を的に向けた。

「鉄砲の性能と使い方は、戦場や船戦で巧妙になったそうよ。戦場では三組に分けて射撃するの。銃身を掃除して弾入れする組、弾入れを終えた組、射撃する組と三交替で次々に射撃が可能になると聞いたわ」

と鉄砲の戦場での使い方を告げると、

「空也さん、まず銃床をピタリと肩に当てて不動の姿勢を取りなさい。左手は射撃の刹那に銃身がぶれないように下部をしっかりと支えるの。マスケット銃の衝撃は思った以上に激しいわ」

「こうかな」

「そうそう。ゴンザレスの射撃の折り、よく観察していたのね。さすがは剣術の達人」

「狙いはこの銃尾と銃身の先と的の三点を合わせていたな」

「ふっふっふ」

と麻衣が笑い、

「異人たちは、銃尾のこれは照門《リアサイト》、銃口近くのものは照星《フロントサイト》と呼ぶわね」

との言葉の意味をミランダもゴンザレスも理解したようだ。

「病み上がりの空也さんはマスケット銃をどうゴンザレスが操作していたかよく

見ていたようね。大事なことは刀といっしょ、構えよ。銃の構えは一に肩で衝撃を抑える、二は猫背のようにして銃を構えなさい。足元は右足を横にするくらいで衝撃を和《やわ》らげるの、分かった」

「そうか、構えが大事か。猫背のように背中を丸めるか、剣術とは違うな」

「剣術と銃術はまるで違うの。そのことを覚えておいて」

「こうかな」

と空也がマスケット銃を構えると、ゴンザレスがなにか麻衣に言った。

「麻衣は銃の教え方が上手、と褒められたわ」

と笑った麻衣の傍らからゴンザレスが引き金にかける空也の指と銃身の下部を支える左手を触って、麻衣になにかを告げた。

「いくらマスケット銃の反動があるからといって銃を固く握りしめてはならない。ふわりと柔らかく握り、銃床を顎《あご》で支えて衝撃は肩で受けよ、とゴンザレスの注意よ」

「相分かった。引き金は引いてはならぬ、絞るのであったな」

「そういうこと」

「よし」

と言った空也が注意を受けて決めた構えをいったんほどき、しばし瞑目していたがふたたび射場に立った。そして、最前の構えに戻し、狙いを定めた。

「オオー」

とゴンザレスが感心したように洩らした。

空也は三点を合わせると一拍おいて引き金を絞った。

ずん、とした衝撃が肩にきたが空也は柔らかく受け止めた。

長い銃身の先端が構えたときより上に上がっていた。ために空也は銃弾が天井に飛んだと思った。

いきなりミランダが空也のマスケット銃を下ろした肩を抱きしめてなにか叫んだ。

「ブラボー」

とゴンザレスが叫んだ。

「麻衣さん、天井を撃ち抜いたか」

「空也さん、的を見てごらんなさい」

麻衣の言葉が異国語に変わり、ミランダが空也の体を離した。

空也が八十余間先の的を見ると真ん中から三つ目と四つ目の円の間に銃痕がひ

とつあった。

「あの穴は」

「空也さんが放った銃弾の痕《あと》よ」

「考えていたより上部に外れたか」

「真ん中に当てる心算《つもり》だったの」

「できることならば」

「呆れた」

ふたりの問答を麻衣が通詞すると、異人ふたりが満足げに笑った。

「ミランダもゴンザレスも空也と仕事をするのが楽しみといっているわ」

「こたびは面倒をかけたのです。なんでも手伝うと申してくだされ」

「そう通詞していいのね」

「むろん構いません」

「驚くわよ」

と謎めいた言葉を麻衣が吐き、ふたりに空也の言葉を告げた。

次の日より剣術の稽古に射撃の稽古が加わった。少しずつだが銃の扱いにも慣れていった。

出島の下働きにバタヴィア人のミゲルがいたが、ミゲルは空也より二つほど年上で出島では四年間働いているという。ミゲルは長崎訛《なま》りの和語を話した。

空也がマスケット銃の銃身の掃除をしていると、

「クーヤさん、こうしたほうがきれいになるたい」

と掃除を手早くやるやり方を教えてくれた。つまり射撃場の銃器などの手入れはすべてオランダ館の館員たちが行っているわけではなく、ミゲルら下人に教え込んでやらせていることが空也にも想像がついた。

こんな風にしてミゲルとの付き合いが始まり、出島の敷地の中で散策しながらミゲルの生まれ故郷のバタヴィアのことなどを聞いた。そんなふたりに犬や鶏までが従ってくることもあった。

出島から見える内海や稲佐山《いなさやま》の景色を見ながら空也が聞いた。

「ミゲル、そなたらは長崎の外に出たことはないのか」

「うちらはな、デジマにおるけどおらんニンゲンや」

「さようか。となるとそれがしと一緒じゃな、それがしもここにおっても長崎奉行所にはおらん陰のような者じゃでな」

「うむうむ、そげんこったい」

と応じたミゲルが、

「それがしってなんのことな、クーヤさん」

と質した。

「おお、和国では侍の家に生まれて成人するとな、大小の刀を差し、自分のことを呼ぶ折りはそれがしと名乗るのだ。ミゲルがいう、うちとそれがしはいっしょじゃ」

「ああ、そげんこつな。デジマには侍はおっても、うちらとは話はせいへんわ」

と言ったミゲルが、

「クーヤさんは長崎のニンゲンと違うやろ」

「いかにもそれがしは、いや、うちは江戸育ちなのだ」

とミゲルに教え、

「江戸はどのような都か分かるか」

「ゴンザレスさんがエドはカピタルといった。ショウグンさんがおるところや。クーヤさんはショウグンさんに会うたことがあるか」

「だれにも話さんでくれぬか。それがしの父親は公方様の、いや、将軍様の剣道場の主なのだ。ゆえにそれがしも将軍様にお会いしたことがある。この腰の刀じゃが家斉様、将軍様に頂いた刀なのだ」

「ふーん、おどろいたと。ばってんクーヤさんが剣術の名人とうちは知っとると。ショウグンさんと知り合いでん、ふしぎはなかろ」

と素直に信じてくれた。

「クーヤさんはエドに帰りとうなかと」

「帰りたいな。されど武者修行が……、ミゲル、武者修行が分かるか」

「あっちこっち旅してくさ、強かサムライとショウブするとたいね」

「まあ、そういうことだ。あと少なくとも二、三年は武者修行やろ」

と応じた空也に、

「ほなら、こんどのたい、船旅が最後の長崎になるやろか」

とミゲルが空也の知らぬことを告げた。

(やはり、麻衣が言っていた御用とは抜け荷か)

と空也は、さもあらんと思った。

三

満開の桜の季節を迎えた。

空也は出島を出て久しぶりに長崎奉行所に「出勤」した。迎えたのは長崎奉行所の密偵鵜飼寅吉だ。

「大坂中也、また島めぐりをしておったか」

すべて事情を承知の寅吉が偽名で呼んで質した。

「いかにもさよう、トラ吉さんも商いに出ていたのですか。島ではお会いしませんでしたね」

「長崎の町が忙しゅうてのう」

「それがしは島暮らしが肌に合います」

「なに、町奉行所には出勤せぬ気か」

「はあ、できれば島暮らしを続けとうございます」

寅吉が空也に近づくと、

「島というても『出島』という島ではないか。そなた、遊女に惚れられたか」

「トラ吉さん、出島行きの遊女はオランダ人のための女性《によしよう》です。それがしのような得体の知れぬ和人が会えるわけもありますまい」

「そうかのう」

と応じた寅吉が、

「中也さんや、一刻後、どこぞで会えぬか」

「これからでも結構ですよ」

「わしは結構だがな、中也さんや、あんたさんを奉行がお呼びなのじゃ。まずは奉行にお会いしてとくと礼を述べてきなされ」

「おお、さようでした。寅吉さんに会い、なんのために奉行所に出勤したか用事をつい忘れました。ならば一刻後、カステイラの福砂屋《ふくさや》で会いませぬか」

「よかたい、中也さん」

と寅吉が応じた。

奉行所の玄関番侍が空也を見ると、

「大坂中也どの、えらく痩せられたのではござらぬか」

と驚きの顔を見せた。

「いささか厳しい島めぐりをいたしましたでな、かような姿に相成りました」

と応じて奉行への取次を願った。

松平貴強と坂崎空也はふたりだけで面談した。

松平は空也の顔を正視し、体の状態をとくと見て、

「思ったほどではないのう」

と洩らした。

思ったよりもよいのか悪いのか、空也にはどちらとも取れた。

「殿、こたびは大変ご迷惑をおかけ申しました。長崎奉行所、長崎会所を始め、多くの方々の助勢により坂崎空也、いえ、大坂中也、これほどまでに回復いたしました。もはや半月もあれば元の心身に戻ろうかと存じます。お奉行松平様のお心遣い恐縮至極にございます。感謝の言葉も見つかりませぬ」

と空也は両手をついて深々と頭を下げた。

「なにはともあれ蘇生してくれたことは長崎にとっても江戸にとってもよきことであった。上様までそなたの近況をご承知とは思わなかったわ」

と松平貴強がしみじみとした口調で洩らし、

「そなたの佩刀、上様から拝領の修理亮盛光であったな。さような刀を携えて武者修行を為すものは剣術家坂崎磐音どのの倅しかおるまい」

と言い添えた。

「はあ」

と空也は答えるしかない。

「もう一つ仰天したわ」

「なんでございましょう」

「それがしの前任の中川忠英どのの次男がそなたの妹御と婚姻したことになんとも驚かされたわ。ただ今勘定奉行の要職にある中川どのほど唐人の風俗や出島の蘭館の暮らしを承知のお方はおらぬ。今年にも『清俗紀聞』なる大部《たいぶ》の書物を発刊されると聞いておる。坂崎家は剣術だけではのうて、長崎を通じて異国の動きにも父子して関心がある。ただ今の和国には異国の列強が様々に圧力をかけてきておる。その折りな、異国の諸々を直に見聞きできることは、坂崎空也、悪《あ》しきことではないぞ。いや、これからの和人は異国の動きと企てを見ておかぬと生き残ってはいけんでな」

と言い切った。

空也はなぜ松平奉行がかようにも強い口調で発言するのか、いささか理解がつかなかった。

「殿、それがし、漫然と長崎に滞在していてはなりませぬか」

「ならぬな。そなたはすでにオランダ館に逗留する異人がオランダ人だけではないことを承知じゃな」

「はい、承知しております」

「早晩、長崎だけが権益を保持してきた異国交易は崩れる」

と松平が言い切った。

江戸からきた公儀の役人、長崎奉行が大胆極まる発言をなした。

空也はその意を沈思した。そして得心した。

「殿、長崎会所はどうなりましょう」

「さあてのう、それがしは一介の公儀の役人ぞ。長年にわたり異人らと付き合い、交易してきた長崎会所は、長崎奉行所の役人が考える何十年も先を見据えて動いていよう。そう思わぬか、空也」

空也は松平貴強の言葉を思案した。

長崎奉行所の吏員たちは江戸幕府が未来永劫続くと思って長崎に赴任しているのではないのか。

いや、そのような幕臣だけではない。勘定奉行中川忠英は唐人や蘭人との付き合いからなにかを学び取って、『清俗紀聞』を上梓《じょうし》しようとしているのだろう、と空也は思った。

空也は中川英次郎のことを思い出そうとしたが、正直剣術に関して凡庸《ぼんよう》な才の持ち主であったことしか思い出さない。英次郎と稽古したのかしないのかはっきりとした記憶はない。それほど強い印象はなく、門弟のひとりとしての漠とした記憶しかなかった。

妹の睦月は、剣術だけではなく人柄など、いろいろな考えのもと英次郎と所帯をもったかと思った。

「殿、それがし、しばらくこの長崎に滞在してようございましょうか。江戸との関わりで迷惑ならば、それがし、即刻立ち退《の》きまする」

「いや、それがし、さようなことを述べたわけではないぞ。そなたの武者修行の一環として、長崎滞在が有意義であることを強く望んでおる。そのために剣術を離れて、長崎をみよ、異人と接しよ。そなたならば、利欲や狭い考えだけにて異国の万物を判断するとは思えんでな」

「殿、二十歳の坂崎空也を過剰に評価されてはおられませんか。それがし、未だ異国どころか世間を知らぬ武芸者のひとりに過ぎませぬ」

「それではこの松平貴強が困るわ」

と笑みの顔で空也を見て、

「長崎滞在の許されるかぎり、そなたらしく振る舞い、学べ」

と最後に当代の長崎奉行が許しを与えた。


空也は久しぶりに船大工町《ふなだいくまち》の福砂屋の表に立った。

番頭の福蔵《ふくぞう》が、

「空也さん、いえ、中也さん、大怪我ばしとらすと聞いたがくさ、息災と違うね」

と驚きの声をかけてきた。

「番頭どの、それがし、未だわが剣術たりえず、二月も正気を失《な》くす怪我を負い、なにも考えんと寝込んでおりました」

「そりゃ、大変やったね」

と応じた福蔵はすでに空也の正体も怪我の経緯も承知だと思えた。

最初、このカステイラ店の福砂屋に誘ったのは高木麻衣だった。おそらく麻衣が福蔵に正体を明かしたのだろうと思った。

あのときから実際の歳月以上に長い年月が過ぎていったような気が空也にはした。

「長崎奉行所の鵜飼寅吉さんと会う約定ですが、寅吉さんは未だ見えていませんか」

「来とるばい」

と店の奥から寅吉の声がした。

三和土《たたき》廊下から中庭に抜けると満開の桜の老樹が目に飛び込んできた。

「なんとも見事な桜ですね」

空也は桜の木の下に寄り見上げた。

「その言葉を聞くと、なんとのう、怪我する前の若武者に戻ったごたる」

と声がして、麻衣がまるで福砂屋の奉公人の体で姿を見せた。

「それがし、寅吉さんに呼び出されたと思うておりました。麻衣さんが用事でしたか」

と桜の花びらが風に散る光景から視線を転じて福砂屋の奥座敷を見た。すると座敷に壮年の武家が座して空也を見ていた。

なんと松平辰平が笑みの顔で空也を見ていた。

「わが先達と長崎で相まみえましたか。いつの日か、かような対面があればと願っておりました」

と声をかけたが、辰平は笑みを消した顔で空也をひたすら凝視していた。

「なんぞ訝しいですか、辰平さん」

辰平がゆっくりと座敷から縁側ににじり寄り、

「空也さん、よう生き抜いてくれました。二度にわたる死の淵から戻る武者修行をようも為してくれました。もはやそれがしが知る空也さんではありませんな」

「辰平さんを見倣っただけです」

辰平が首をゆっくりと横に振り、

「坂崎空也はもはや直心影流尚武館道場の後継者に相応《ふさわ》しい修行を身につけたことを松平辰平、確信いたしました。それがしの武者修行は空也さんに比べると遊びです」

と淡々と言い切った。

「われらの挨拶は道場で木刀を交えたときに分かるもの」

「いかにもさようです。じゃが、本日はそなたの友を交えて積もる話をしませぬか」

と辰平が空也に話しかけた。

その言動にやはり松平辰平は、空也の先達だと思った。

「ご存じのように福岡藩は佐賀《さが》藩と交代で長崎の警備にあたっています。空也さんが酒匂太郎兵衛どのと勝負をなす前に長崎の福岡藩邸に稽古にきていたことをわが同輩から聞かされておりました。そのような同輩が空也さんの武者修行の成果を話してくれましたゆえ、空也さんの力はおよそこの辰平も推量でき申した。十六歳の空也さんがそれがしと同じく関前藩から武者修行の旅に出た。じゃが、その時点で空也さんと松平辰平には比べようもない覚悟の違いがあったのです。それがし、その考えが正しかったことをいま、眼前で見ております」

「それがし、辰平さんを手本に修行の旅に出たのですよ」

空也は繰り返した。

「その修行の旅の行き先が薩摩でございましたな。死を覚悟しても薩摩入りなど無理と、それがしの頭には始めから薩摩藩の御家流儀を学ぶ考えなど小指の先ほどもございませんでした。空也さんは文字どおり死を賭《と》して、身を捨てて薩摩入りを試み、二年近くも東郷示現流と同じ技をもつ野太刀流を学ばれた。それだけでも驚嘆に値《あたい》する。この長崎に至るまで示現流の高弟酒匂兵衛入道一派と真剣勝負を繰り返してこられたとか。もはやそれがしには武芸者坂崎空也の真似すらできぬ」

と辰平が淡々と言い継いだ。

空也は兄弟子の言葉になにも抗することはできなかった。

「それがし、空也さんが長崎に滞在と聞いて福岡から幾たびも駆けつけようと考えました。ですが、空也さんの武者修行の邪魔をしてはならじ、と思い留まりました。いや、それがし、修行者坂崎空也と対面するのが怖かったのです」

「松平辰平どのはそれがしの兄弟子にございます」

「いかにもさよう」

と応じた辰平がしばし虚空に眼差しを預けて、思案した。

長い沈黙のあと、

「それがしの恐れはなんとも愚の骨頂にござった。繰り返しますが、天下の武芸者坂崎磐音の跡継ぎは、すでに関前を出た折りからそれがしとは覚悟が、志が天と地ほど違ってござった」

その潔《いさぎよ》い言葉に空也は無言で首を横に振るしかなかった。

そんなふたりの問答を高木麻衣と鵜飼寅吉が厳粛な顔で聞いていた。

座を穏やかな沈黙が支配した。

しばし瞑目していた麻衣が、

「松平辰平様、そなた様が坂崎空也様の模範であったことは間違いございませぬ。あなた様がおられなければ、ただ今の坂崎空也様はおりませぬ。剣術を全く知らぬ女の言葉と分かっておりますが、私はそう確信しております」

と言い切り、

「長崎の女風情《ふぜい》の考えです。お怒りならば、お二方お許しください」

と言ってのけた。

「麻衣さん、そなたに五島の島々で武者修行がなんたるか身をもって教えられました。一方、松平辰平様は、それがしの生涯の兄弟子であり、武者修行の先達でございます」

と空也が応じた。

ふうっ

と思わず吐息をしたのは長崎奉行所の密偵鵜飼寅吉だ。そして、

「空也さんはよき兄弟子を持たれましたな」

とこの問答に得心するように言い切った。

頷いた空也が、

「坂崎空也、生きていてようございました。かような対面をなすことができたのですからね」

と笑みの顔で洩らした。

そこへ福砂屋の娘たちがカステイラと茶をそれぞれに運んできた。

「おお、久しぶりですね」

と応じた空也に、

「坂崎空也様は、私たちの肝《きも》を冷やしてばかりです」

と姉が言った。そして、

「こうしてお会いできてうれし涙で答えるしかありません」

とそれぞれの前に茶菓を置いた姉妹が涙を見られないようにその場からそっと退《しさ》っていった。

「頂戴《ちようだい》します」

と空也がいちばん先にカステイラに木包丁をつけて頬張《ほおば》り、にっこりと微笑《ほほえ》むと、

「やはり生きていなければいけませんね。母上や睦月に福砂屋のカステイラを食

べてもらいとうございます」

「空也さん、もうお一方、大事なお方に味わってほしいのではありませぬか」

と辰平が言った。

「渋谷眉月様ですか」

「そのお方です」

「眉月様はそれがしや麻衣様方といっしょにこの異国製のカステイラの味をすでに承知ですよ」

「そうでしたか」

カステイラを一口食した辰平が、

「それがし、所帯をもった利次郎さんと霧子さんと、一子の力之助にも食してもらいとうござる」

と遠くを見る眼差しで言った。

四人で茶菓の接待を受けながら日常の緊張を忘れてのんびりと談笑した。

ふと庭の桜に西日が差すのを見て辰平が、

「空也さん、もはや体を動かして大丈夫ですか」

と話柄を変えて問うた。

「辰平さん、稽古をつけてください。明日にも福岡藩の長崎屋敷に参ります」

「お待ちしています」

と応じた辰平が、

「それがし、宮仕えゆえ本日はこれにて失礼します」

と挨拶すると座敷を立ち上がった。

空也は福砂屋に呼ばれたのは寅吉と麻衣がなにか自分に用事があるからと察していたので、辰平といっしょに辞去することはしなかった。

「空也さんの周りには多彩なお方がおられるのね。これからも容易《たやす》く死ぬなんてことはできないわよ」

と麻衣が言い切った。

「それがしの付き合いの基は江戸の尚武館道場ですよ。父の坂崎磐音から始まっております。また父の指導者はわが義祖父の佐々木玲圓です」

「そして空也どんには直心影流尚武館坂崎道場の跡継ぎが待っとるたい」

「こればかりは父が決めることです」

と寅吉に応じた空也が、

「お二方、本日はそれがしの御用の話ですね」

と催促した。

「空也さんは島めぐりで抜け荷は幾たびか体験しているわね」

「やはり抜け荷ですか」

「官営道場の跡継ぎが抜け荷の手伝いをして差し障りはないの。こんな話、福岡藩の松平様の前では話せないものね」

と麻衣が言った。

「それがしは浪々の武者修行者です。長崎奉行所と長崎会所が手を結んだ仕事でしょう。むろん蘭館も絡《から》んでますよね」

「まあ、そういうことね」

「いつなりともどちらへでもお供します。むろんおふたりも抜け荷に携わっておられますよね。まさか三人のなかでそれがしだけが関わるということはありませんよね」

と念押しした。

「私も寅吉さんも行くわよ」

「ならば、それがし、大船に乗った気分でお伴します」

ふたりが空也の返答に頷き合い、

「大船に乗った気分だけはたしかね」

と言い、三人は福砂屋を辞去した。

「それがし、崇福寺を見ていきたいのですが」

空也の言葉に寅吉が、

「ふたりで案内することもあるまい。麻衣さんが坂崎空也といっしょしない」

と福砂屋の店の前で二組に別れた。

唐人寺崇福寺の大雄宝殿に二月半ぶりに佇《たたず》んだ空也は、酒匂太郎兵衛の薩摩拵えの剣が空也の胴に斬り込まれた感触を思い浮かべていた。

そんな様子を麻衣はただ無言で眺めていた。

虚空に飛躍した修理亮盛光が翻《ひるがえ》り、太郎兵衛の首に奔った光景を空也は思い出した。その後、長い無の日月があったことを理解していたが、現《うつつ》か虚妄《きよもう》か、未だ曖昧なままだった。だが、今この場に立って、酒匂太郎兵衛が死に、空也が生き残ったことを実感した。そして、麻衣らのお蔭で、

「五番勝負勝利」

と初めて悟った。

四

翌朝、福岡藩長崎屋敷の道場で松平辰平と坂崎空也は木刀を構え合った。

空也が辰平と打ち込み稽古をした記憶はない。なにしろ十二歳まで小梅村の坂崎道場に稽古のために立ち入ることは禁じられていた。

十二歳になって父の磐音に許しを得て坂崎道場に、

「入門」

したが、まず心がけたのは基の槍折《やりお》れの稽古で足腰を鍛えることであった。

そのあと、空也が道場で竹刀を交えたのは年上の速水杢之助、右近兄弟や設楽《したら》小太郎《こたろう》らであった。

松平辰平と重富利次郎は、田沼父子との無益な戦いを避けて江戸を離れた坂崎磐音とおこんを追い、内八葉外八葉の姥捨の郷に押しかけて一行に加わった。田沼派との「姥捨の戦」にも参戦して、幾多の実戦の修羅場を経験し、すでに一廉《ひとかど》の剣術家であった。

小梅村に戻った空也は三歳の幼子であり、前述したように道場に立ち入ることを父の磐音に禁じられ独り稽古を何年も続けて、歳の離れたふたりが立ち合い稽古をなす機会などなかった。

　空也が豊後関前から武者修行をなしたのは、松平辰平が若い折りに磐音の旧藩から出立《しゅったつ》したことを見倣《みなら》ってのことだ。辰平と空也の唯一の「縁」だったかもしれない。

　すでに松平辰平は尚武館道場の門弟を卒して福岡藩四十七万三千百石の士分に奉職し、直心影流師範として藩の武術向上に努めていた。そんなふたりが対等な立ち合い稽古をなすなどあろうはずはなかった。

　未だ修行者と、かたや大藩の剣術師範の立ち合いだ。一方で空也は尚武館道場主坂崎磐音の嫡子であり、辰平は磐音から剣術を叩き込まれた門弟であった。

　となるとふたりの稽古は初めてと評していいだろう。

　長崎に出番している藩士たちが刮目《かつもく》するのは当然であった。

　当然、辰平は道場の神前に向かって右に位置した。

　直心影流では「有功」と呼ばれて上の者が勤める打太刀《うちだち》だ。この役目、術の先導役として初心の者にまず仕掛け、攻める機会を与えるのだ。剣術一般の表現でいうならば、だ。仕掛けておいて相手の攻めを守り、応変の術と技の習得の体験を積ませるのだ。

空也は先に道場に入って神前に向かって左の、初心、下の者が勤める仕太刀《しだち》の位置に控えた。直心影流の最も大事な基になる、

「後の先」

を学ぶための立場だ。

言い換えれば、指導者と弟子の関わりが打太刀と仕太刀といってよい。

松平辰平は西国の大藩福岡藩の剣術指南だ。辰平が「有功」を選ぶのは当然であった。

「坂崎空也どの、われら、初めて木刀を交えますな」

「松平師範、いかにもさようでございます。ご指導のほどお願い申します」

とのふたりの問答に福岡藩士らが初めて知った事実をどう考えるべきか、迷った。

だが、松平辰平の言葉にはなんら格別な意が籠められているわけではないことを空也も悟っていた。事実をお互いが改めて認識し合ったに過ぎない。

ふたりは問答を終えると木刀を直心影流の教えに従って構え合った。

その瞬間、辰平の驚きは大きかった。彼が予測してきた以上の力が空也の構えにあった。これは仕太刀の構えではない。いや、初心とか有功の立場を越えて自然にとった正眼の構えに、武者修行の過酷な、

「生死の歳月」

がこめられていた。

打太刀として空也に術の先導をするはずの自身の仕掛けが、静なる構えに封じられていると感じた。

一方、空也としては仕掛けがない以上、守りから攻めに転ずる機会が封じられていた。

これまでの経験によって打太刀、仕太刀の立場を互いが超えていた。

ふたりは有功、初心を忘れて構え合っていた。

そのふたりの構えに寸毫のゆるみもないことは、長崎在番に選ばれた福岡藩士には直ぐに察せられた。

ふたりは攻めるに攻められず、守る動きを自らに課したまま、木刀を相正眼に構えあって微動だにしなかった。

ゆったりと時が流れていく。

だが、ふたりには時の経過など感じられなかった。一瞬なのか永久なのか。見ている側も不動の構えに魅入られて息を飲んでいた。

なんと一刻半もの時を経て、道場内が森閑《しんかん》としたままだった。

不意に空也が正眼の構えを解いて、その場の床に正座して、

「師範、ご指導有難うございました」

と辰平に一礼した。

同門の先輩である辰平も内心の動揺を隠して、

「空也どの、ようも厳しい修行に耐えてこられましたな。そのすべてが直心影流の『形』に見えました」

と応じた。

直心影流にとって「形」は、静だけではなく動を伴ってのものだ。そのことを知る福岡藩士の数少ない上級者は、言葉もなくただふたりの稽古に感嘆していた。

だが、大半の者は、

「なぜ松平師範は仕掛けないのか」

「空也どのは攻めぬのか」

と訝しく思っていた。

この立ち合いは福岡藩で後々、

「長崎の形」

として評され、語り継がれることになる。

この立ち合いを福岡藩の長老師範新陰流《しんかげ》の矢作由忠《やはぎよしただ》が見所《けんぞ》から見分していたが、

「松平師範、坂崎空也どの」

と見所に呼んで、

「見事な立ち合いにござった。それがし、感動し申した」

と褒めた。その視線が空也に向けられた。

「坂崎空也どの、松平師範も申したが、そなたの厳しい修行がそれがしには垣間見えた。それにしても幾多の戦いを超越してなお爽《さわ》やかなのはどうしたことであろうか」

と問うた。

「矢作先生、未だ行ならずと松平師範との稽古に感じさせられました」

と応じた。すると老練な矢作の眼差しを向けられた松平辰平は、

「坂崎空也どのが未だ行ならずと言われましたが、それがしもまた未熟というこ

とを改めて悟らされました」

と答えた。

その言葉に矢作は、松平辰平が、福岡藩士を辞するのではないか
(直心影流師範を辞めるばかりか、福岡藩士を辞するのではないか)

と察した。

「松平師範、よいな、今後とも福岡藩士の剣術向上に尽くされよ」

と釘《くぎ》を刺して誡《いまし》めた。

辰平はしばし瞑目し、

「矢作様のお言葉、松平辰平、肝に銘じまする」

と答えたのみだった。

この立ち合いを高木麻衣も鵜飼寅吉も道場の外から見ていた。

矢作が辰平と空也を呼んだ時点で麻衣と寅吉は福岡藩長崎屋敷の門外に出た。

「わしのような凡人にはさっぱり理解つかぬ。麻衣さんよ、勝負はあったとな、なかったとな」

「ふたりの立ち合いに勝ち負けなどありません。ただ相手の気持ちを察せられた結果の不動の立ち合いにございましょう。松平師範も空也さんも同門の門弟、坂

崎磐音様の弟子同士にございますからね」

　と麻衣が自分に言い聞かせるように言った。

「そうか、相手の気持ちをな。それはまた熟練の剣術家でなければ、考えられぬ立ち合いじゃったな」

「そういうことです」

　しばしふたりは黙したまま歩いていたが、

「麻衣さん、空也を仕事に連れていってよかとな」

　と抜け荷、密輪を天下の尚武館道場の跡継ぎにさせてよいのかと質した。

「それを決めるのは武者修行者の坂崎空也のみ、すでに私どもは返事をもらっております。空也さんが本日の立ち合いで気持ちを変えるとも思いません」

　と麻衣が言い切った。


　中川英次郎と睦月は、母屋から夕餉を終えて離れ屋に戻った。

　本日、長崎奉行の松平貴強から英次郎の実父、勘定奉行にして前の長崎奉行であった中川忠英に書状が届いた。その書状が中川家の小者《こもの》によって尚武館の坂崎家に届けられたのだ。

書状によればすでに空也は稽古を始めているという。英次郎には想像もできないことだった。

「よかったというべきであろうな」

と独りごちた。

「なにがよかったのかしら」

「義兄上《あにうえ》が蘇生したことじゃ」

「こたびはね。それにしてもどうしてか兄上にはいつもどなた様か助勢してくださる人がいる。訝しいと思わない、英次郎さん」

「睦月どの、義兄の人徳かのう」

「人徳ってなあに。眉月様に加えて、こたびは長崎会所の高木麻衣様と申されるお方が、瀕死の兄を異人館に運び込んでお医師による治療が行われたのよ。人徳が備わっている人は、兄の他にもいくらでもおられるわ。その方々のお働きで兄の縫合手術が行われるなんて奇跡よ」

「そこじゃ、義兄は」

と言った英次郎が言葉を切って、

「それがしより年下の空也どのを義兄と呼ぶのも妙ではないか」

「英次郎さん、兄の妹と所帯を持ったのだから致し方ないわ。なにを言いかけたの」

「うむ、義兄は運を持っておられる。剣術家としてこれほどの強みがあろうか。むろんひとの何倍も稽古を積まれ、幾多の修羅場を潜り抜けてこられた経験もあり、その上での運であろうがな。それがし、剣術家としては凡庸な才しかもたぬ。稽古はそれなりにしている心算じゃがな」

英次郎の正直な感想を聞いて睦月が笑った。

「おかしゅうござるかな、妹御どのは」

「いえ、ご主人様、私は剣術一筋の父や兄とは違う英次郎様に惚れました。義父上様も長崎の書物をお書きになっておられるのでございましょう」

「ああ、『清俗紀聞』かな。こちらの家は坂崎家とはいささか違《ちご》うておるな」

「その点が私には宜しいのです」

睦月の言葉に頷いた英次郎がしみじみとした口調で、

「ともあれ、助かった」

と洩らした。

「尚武館の跡継ぎになることがそれほど嫌でしたか」

「睦月さんや、最前も申したな。それがしには尚武館の跡継ぎになるほどの剣術の才は全くないでな。いや、ほっといたした」

「いえ、剣術家佐々木玲圓様と父の坂崎磐音では剣術の『形』が違うように、英次郎さんはそなた様なりの『形』をお持ちになればよいのです」

「だからな、睦月どの、それがし、剣術の才は一切ないというておろうが」

「父上とそのことを話されたことがありますか」

「いや、それがしの方から話せるものか。相手は官営道場の尚武館道場主にして、老中田沼意次・意知父子と長年の暗闘の末に、お勝ちに、いや、制された剣術家じゃぞ。ただな、近ごろ、義父上がそれがしとの稽古を最後に指名されるでな、万々が一の場合、それがしが後継に指名されるかと、案じておったのだ」

睦月は、当代の長崎奉行の書状にて空也が蘇生したと知らされ、すでに稽古を再開したという近況報告に安堵した英次郎が思わず正直な気持ちを吐露したと感じとった。

睦月が微笑み、

「英次郎様、そのようなあなた様が好きです」

と言い放った。

「坂崎家の妹は変わっておるな」

「私は母上の血を引いているのかもしれませんね。母もまた町人の出ゆえ剣術ひと筋という考えではありませんからね」

「今津屋で商いを見てこられたからな」

と英次郎が得心した。

「父が万が一の場合、そなた様を跡継ぎにと考えていたのはたしかです。英次郎さんは自分には剣術の才は全くないと申されますが、父上は中川英次郎の弟子に教える才を高く買っておいでです。あるとき、私に、『睦月、英次郎どのは弟子を教える才において父を抜いておる。異国から大砲を何十門も搭載した大船が押し寄せる折り、刀の使い方も変わろう。その際な、中川英次郎がどのように尚武館を運営するか、楽しみじゃ』と申されたことがございます。おまえ様にはおまえ様の尚武館運営があってよいのです。剣術ひと筋は兄だけではなく、無数におられます」

「なんと、舅どのはさような考えをなさっておられるか」

と感嘆した。

母屋でも磐音が長崎奉行松平貴強からの書状を幾たび目か、行灯《あんどん》の灯《あか》りで読んでいた。

「おまえ様、何度読んでも文の内容が変わるとも思いませんよ」

「うむ、そう申すがな。長崎奉行の家臣大坂中也として空也への心遣いをなしてくれた松平様にどう返書を書けばよいかのう」

と首を捻った。

「その文は英次郎様の父御に宛てられたものにございましょう」

「いかにもさよう。されど松平様は中川様がそれがしに見せることを承知の上で文を認めておられる。ゆえにそれがしも礼状を書かぬとな」

と文を巻き戻す磐音が洩らし、

「空也は麻衣様の文に一、二行認めただけで、文らしい文は全く届きませぬ。これからも武者修行を続ける心算でしょうか」

とおこんが問い返した。

「未だ得心しておるまい」

「長崎に逗留し続けるということですか」

「さあのう」

と応じた磐音だが、体力が戻れば長崎を出るのではないかと漠然と考えていた。

「私ども、二度も空也の弔いを考えましたが、三度目はもうたくさんでございます」

「とは申しても当人がなにを考えておるか分からぬ以上、われらはただ待つしかあるまい」

と応じながら、最後の武者修行の地は、内八葉外八葉の姥捨の郷であろうと磐音は考えていた。


同じ日の夜。

空也は唐人街で夕餉をとった。

相手は麻衣と寅吉のふたりだ。

味が濃密にして複雑、量がたっぷりとある唐人料理は今や空也の大好物になっていた。存分に馳走になり、最後に甘味と唐人茶まで楽しんで、

「麻衣さん、寅吉どの、もはやそれがしの体調は快復いたしましたぞ。例の御用は明日にせよと申されてもそれがし対応できまする」

と満足げな顔で言った。

「そうか、酒匂太郎兵衛に斬られた傷のつっぱりなど感じぬか」

「あれだけの傷です。筋肉がつっぱった感じは残っていますよ。これは半年か一年くらい残るでしょうね。されどそれがしの動きにはなんら差し障りはありません」

空也の言葉に麻衣がうんうんと頷いた。

「空也さんは対馬の北端、久《く》ノ下崎《したざき》辺りから高麗を見たといったわね」

「いかにも高麗を望遠いたしました。そうですか、対馬で高麗口の抜け荷ですか」

空也の推量に麻衣が首を横に振って否定した。

「ただし異国交易の帰り船に乗って外海に出るわよ」

「それがし、これまで幾たびか船に乗りましたが、船酔いはしませんでした」

「ならばいいわ。行き先まで二百里から二百四、五十里ね」

「まさか江戸ではございますまいな」

「空也さん、抜け荷を運び込むのではないの。交易にいくのよ。それに江戸までは海路、その倍はあるわね」

「ああ、驚いた。それがし、この抜け荷のために武者修行を止めざるをえないかと思いましたよ。で、どちらに参りますか」

空也の問いに寅吉が料理屋の唐人に唐人語で願った。すると早口で答えた唐人が帳場に下がり、丸めた紙筒を持参して拡げた。

「空也さん、長崎がどこにあるか分かる」

漢字で地名や島の名が書かれた絵地図から、「長嵜」と書かれた辺りを空也は差し、

「この内海が長崎ですよね。対岸が稲佐山だ」

「よく分かったわね」

と応じた麻衣が、

「私たちの交易船団が訪ねていく先はここよ」

と絵地図の一角を差した。

「まさかここは」

「そう、空也さんが知らない土地ね」

しばし沈黙した空也は、

「魂消ました」

とふたりを見た。

そして、麻衣が指差す先の絵地図をふたたび見た。

「なんとなんと」

空也の口からそんな言葉しか出てこなかった。

第四章　異郷訪問

一

寛政十一年晩春、長崎のオランダ館に関わりがある帆船ロッテルダム号、長崎会所が密かに所有する帆船二隻の肥前丸《ひぜんまる》と長崎壱号《いち》の、都合三隻の交易船団が長崎から南に下った清国の長江《チャンチアン》河口の沖合に到着した。

長崎からまるまる三日を要した。

長崎会所の帆船肥前丸と長崎壱号は、和洋折衷《せっちゅう》の帆船で船長三十間余、幅七間と千石船《せんごくぶね》の何倍もの大きさで縦帆二枚に弥帆《やほ》が複数あり、舵《かじ》も固定式だった。

オランダ船籍ロッテルダム号は、三枚帆で二隻よりさらにひと回り以上大きかった。

空也は茶色に濁った水が流れ出る河口を無言で眺めていた。

四日前、空也は鵜飼寅吉といっしょに長崎の内海の船着場を会所の帆船で出た。船は野母崎《のもざき》に向かうという。

「寅吉どの、この船に抜け荷の品を積みますか」

「こん船は野母崎沖で乗り換えると。麻衣さんも先に行っとらすと」

「ほう、野母崎で抜け荷商いですか」

「空也どん、しっかりしない。交易の地は二百里ほど南西に下ったところち、言わんかったね」

「ああ、聞きました。待てよ、二百里ほど南西に下ると和国の地がありますか。そうか、薩摩領の琉球《りゅうきゅう》があるか」

「和国で異国交易をできるとこはたい、長崎だけやろもん。薩摩と長崎は互いに都合悪しきことは見て見ぬふりたい。こたびのことは薩摩に関わりなかとよ」

「となると長崎から二百里か、さてどこでしょう」

「上海《シャンハイ》に交易にいくち言わんかったね」

と寅吉があっさりと行き先を念押しした。

「おお、シャンハイ、でしたね。唐人の国に坂崎空也は真に訪ねますか」

「麻衣さんとわしの言葉を信じてなかったとな。上海は唐人さんの国の河港たい、大きな都げな。こん寅吉も初めて訪ねると」

「驚きました。異国を訪ねるなど正直信じていませんでした」

「と、言いながらさほど驚いた風もなかごたる、高すっぽどんは」

と寅吉が長崎弁とも何弁ともつかぬ言葉で応じた。

「寅吉さん、それがし、一年前まで五島の島も知りませんでしたよ。シャンハイと言われても、はあー、と答えるしか他に思い付きません。麻衣さんは唐人の国をすでに承知なのですね」

「長崎会所の町年寄の姪たい。昔から異人と付き合いがあるなら、異国も承知やろもん。そげん思わんね」

と寅吉は曖昧な返答をした。

「麻衣さんが同行するならばそれがし、安心です」

「わしは江戸に帰ってなんといわれるか。まさか牢《ろう》には放り込まれまい」

公儀の役人と思しい身分の寅吉は危惧の言葉を洩らした。

「寅吉さんは長崎奉行松平貴強様の命《めい》でシャンハイに行かれるのでしょう。江戸に戻った折りは、異国なんて知らぬといった顔をしているしか手はありませんね」

「じゃな」

とふたりであれこれと話しているうちに空也が見知った野母崎が見えてきた。

沖合に三隻の大きな帆船が待機していた。

「やはり異国にいくにはあれくらい大きな帆船でなければなりませんか」

空也は長崎の内海に公に投錨《とうびょう》できるオランダ帆船ロッテルダム号と和洋折衷の二隻の船を見上げた。

「いらっしゃい」

肥前丸の船上から麻衣がふたりに手を振って迎えた。

「麻衣さん、高すっぽもわしも正直こたびの航海を信じとらんと」

と寅吉が麻衣に叫び返し、縄梯子《なわばしご》が下ろされて空也が先に上がった。

「麻衣さん、長崎会所にはそれがしの知らぬことがあれこれと未だありますね」

「そうかしら。といって格別驚いた風はないわね」

「麻衣さん、これでも武者修行に出たそれがしです。ところが異国まで抜け荷交易に行ったとなると、公儀では許してくれますまい。神保小路の尚武館道場は潰されるかもしれませんね」

「空也さん、あなたが一番実感しているでしょ。薩摩を始め、西国を旅してきたのよ。いかにただ今の江戸幕府に力がないかをね。江戸の役人たちは自分の手を汚さぬくせに利だけは強要するわね。その程度の役人しかいないの。ただ今の坂崎父子に手を出せる者がいるものですか」

と言い切った麻衣の衣装はすでに異人の女衆のものだった。

「半刻後に出港するわ。その前に空也さんも衣装替えね」

「えっ、また蘭館で着た妙な服に着換えますか」

「肥前丸も長崎壱号もロッテルダム号の随行帆船よ。出港したらオランダ国旗と長崎会所の旗を二隻とも掲げるわ」

と応じた麻衣が肥前丸の船室に案内すると、筒袖《つつそで》の洋服に着換えさせられ、革靴を履かされた。さらに麻衣が髷《まげ》を解き、後ろで編んで色紐で結んだ。空也はまな板の鯉《こい》の如く、麻衣に任せていた。

「空也さんの葵の御紋の盛光をこちらのオランダ人の剣に代えなさい」

と差し出したのは、両刃の剣で十字鍔《じゅうじつば》に鞘は革製だった。

空也がすでに出島で見知った剣だ。

ロッテルダム号から喇叭《ラッパ》が奏され、肥前丸は碇《いかり》を上げる作業に入った。
麻衣と空也が甲板《かんぱん》に戻ると寅吉も他の船乗りと同じ作業着に換えさせられていた。

「空也はまんず頭分《かしら》やな、それに比べて鵜飼寅吉は、水夫《かこ》の形《なり》やぞ」

と文句を言った。

「空也さんと寅吉さん、致し方ないわね。異人が見たとき、どちらが出自がよいかすぐ察するもの」

「わしと高すっぽでは頭ひとつ背丈も違うわ。顔もいささか違うて、わしは水夫が似合いか」

「まあ、そういうことよ。小間物屋の寅吉さん」

と麻衣が寅吉の文句をあっさりと退けた。

三隻の帆船はすでに縦帆を拡げて、外海へと進んでいた。

旗がオランダ旗と長崎会所の三角旗に代えられた。

「麻衣さん、なぜ今かような大規模な抜け荷交易を企てられますか」

「空也さんは江戸を離れて四年目に入ったのね。いま江戸や大坂《おおさか》でどんなことが起こっているか分かる」

「それがし、麻衣さんや寅吉さんが承知のように剣術ばかりでございましてな、他のことを考える暇はござらぬ。なにが起こっておるのか分かりません」

「幕府開闢《かいびゃく》から二百年、和国の内外でいろんなことが起こっているわ。まず一つは、エゲレスやフランスやロシアやアメリカなどの列強が和国に開国を願って大砲を積んだ軍船を近海に襲来させているわね、このことは空也さんも承知よね」

「漠とは承知しており申す」

「もう一つは幕府の政策が行き詰まり、江戸でも大坂でも打ちこわしが頻発しているの。もはや公儀は長くは続かない」

と麻衣が言い切った。

異国へ向かう船のせいか麻衣の口調はいつもより明快に思えた。

「それほどひどうござるか。公儀が潰れるとしたら、いつのことであろうな」

と空也は自問の体《てい》で麻衣に尋ねた。

「さすがに私もいつとはいえないけど、空也さん、いえ、私が生きているうちに公儀は潰れるわ。間違いないわ」
三、四十年後ということか。
麻衣の言葉に空也も寅吉もなにも答えられなかった。

空也はうねり始めた波間を見ていたが、

「麻衣さん、和国に新しい公儀ができることは悪くはないのではありませんか」

「そうともいえる。だけど、とくと考えて。徳川様の幕府からなにも別の和人の幕府になるとは限らないのよ。異人たちの支配する国になるということ、空也さんは考えられないの」

空也は想像もしなかったことを指摘されて、しばし言葉を失った。

「おおー、そうでした。そのことをそれがし考えもしませんでした」

空也に頷き返した麻衣が、

「そうならないためにオランダ館と長崎会所、それに長崎奉行所の一部が話し合ってこの交易を考えたのよ」

「と申されますと」

と途中で言葉を止めて考えた空也は、

「そうか、われらの先を行くロッテルダム号のような大砲を多数搭載した帆船を求めて、異人たちに抗おうと考えたのですね」

「こたびの交易でそこまでできるかどうか、少なくとも大砲や鉄砲を購《あがな》って和国の海防策を少しでもしっかりとしようと三者が話し合った結果よ」

と麻衣が答えた。

「すこしばかり旅の狙いが分かりましたぞ」

と空也が答え、

「こりゃ、長崎奉行松平貴強様おひとりだけの考えではないな。江戸の重臣が、老中が加わっての抜け荷買いだぞ、空也さん」

と寅吉も洩らしたが、それには麻衣が否定も肯定もしなかった。

国運をかけた三隻の交易船団の目的がそれかとようやく空也にも察せられた。となると抜け荷ではなく公儀が承知した公の交易ではないか。

三人でこの一件を話したのはこれが最初で最後になった。

空也は異人の形で木刀を手に暇を見つけては肥前丸の甲板でひたすら独り稽古をした。そんな様子を見た麻衣が、

「空也さん、鉄砲の腕だけど少し上がった」

と質した。

「こたび鉄砲を使うことがあると思われますか」

「異国で交易しようというのよ。利が絡むとなんでもありよ」

「そうか、そうでしたね」

「とはいえ、今回の航海で大騒動に巻き込まれるようではしくじりね。上海の異人たちと話し合いで商いを終えたいの」

「麻衣さん、それがしの役目はなんでございましょうか」

その言葉を聞いた麻衣が操舵場に向かって唐人の言葉で命じた。

船長《ふなおさ》か操舵方として唐人が肥前丸の操舵に加わっていると見受けられた。

江戸では夢想もできない交易船団の陣容だろう。

空也の顔見知りの水夫がマスケット銃と銃弾、それに円形の型紙をいくつも携えてきた。

「交易船団の周りは大海原よ。好きなようにマスケット銃を撃ってもだれも文句は言わないわね」

と麻衣が空也に唆《そそのか》した。

出島に滞在していた折り、剣術の稽古の合間に射撃場に下りてマスケット銃や短筒の実射の稽古をして気分を変えた。銃や短筒を扱うことにようやく慣れた程度の射撃訓練だった。

水夫が空也と麻衣の傍らに残り、空也に馴染《なじ》みのマスケット銃を手渡し、もう一挺を床に置いた。

空也はマスケット銃をいつものように点検すると、銃弾を銃口から装塡した。

その動作を見て麻衣が水夫に目顔で合図した。

左舷《さげん》側から海に向かって水夫が一枚の円形の的を投げる様子を見せた。

「いいこと。海に向かって投げられた的を狙って撃つのよ。的が頂きにきたところを定めて撃ってごらんなさい。その刹那、的が止まってみえるわ。好機はその一瞬だけよ」

「麻衣さん、それがし、動く的など狙って撃ったことはございません。どうすればよいので」

「空也さん、実戦の相手は固定された的とは異なり、動くし反撃もする。そんな最中、照門《リアサイト》と照星《フロントサイト》、さらに動く的三点を狙うなんて余裕はないわね。あなたのこれまで培ってきた武人の勘が頼りね。銃口《マズル》を飛んでいく的に向けて引き金を引くことに集中しなさい。空也さんなら何度か繰り返すうちにコツを飲み込むはずよ」

と言った。

「心得ました」

マスケット銃を構えた空也は水夫が手にした円形の的が飛んでいく海上の地点

を想定して構えた。

「投げますばい」

と水夫が空也に告げ、空也はマスケット銃を構えたまま頷いた。

「それ」

虚空に投げ上げられた的が風に吹かれて空也の予想もしない速さで波間に落ちた。

撃つ暇もなかった。

「うーむ」

と空也が唸《うな》り、

「相すまぬ、いま一度願おう」

「へえ」

と頷いた水夫が風と波を確かめ、最前より虚空高くへ円形の的を投げ上げた。

空也は的が頂きに達する間を推量して引き金を絞った。だが、銃弾は的の傍ら半間のところを抜けた。

「なかなかですばい」

と水夫が褒め、

「的を狙うより坂崎さんの勘でくさ、的そのものよりその先を狙う気持ちで撃ったらどげんやろか」

「ほう、的の先な」

空也はマスケット銃の銃身を掃除すると新たな銃弾を装塡した。

「そなた、名はなんであったかな」

「わしですな、大食らいの萬八《まんぱち》とよばれとると」

「萬八どのじゃな、頼もう」

と二回目を願った。

空也はマスケット銃を構えたまま、萬八を見た。すでに投げ手の動きは空也の頭に入っていた。

的を手にした右手が大きく左脇腹へと引かれ、次の瞬間、虚空に飛んでいた。

風と波を裂いて的が飛ぶ。

空也はマスケット銃の銃身を的の飛ぶ先に動かしながら、頂きに到達する直前に引き金を絞った。

空也の五体に微かな、それでいてはっきりとした衝撃を感じた。

的が二つに割れて海面に落ちていった。

「麻衣様、一芸に秀でた人はなんでんできると違うね」

と萬八が褒めた。

「萬八、散弾銃《ショットガン》に代えてみんね」

と麻衣が命じた。

二挺目の銃が空也に渡された。

「坂崎様、先込のマスケット銃と違うところはくさ、こうして元折ちゅうて、銃把んとこを折ってからくさ、実包が二発装塡されると。鉄砲の造りでいちばん大きな違いは、実包のなかに六発とか九発の弾丸が詰められてあることたい。ライフル銃の一発の銃弾は遠くまで飛ぶばってん、ショットガンの弾は九発が散って飛ぶたい。最初は、野鳥撃ちの銃として利用されとったと聞いたことがあると。今から二十数年前、アメリカで戦にも使われるようになったげな。射程は短いけど、命中率がよかとよ。坂崎さんならば、わしが投げる的ならば百発百中じゃろか」

と萬八が渡した。

イギリス製の旧型スナイダー・エンフィールド銃の水平二連銃身だった。元折で萬八が渡した二発の実包を装塡しながら、

「この紙包の筒に九つの鉄玉が入っておるのじゃな」

と空也が念押しした。

「いかにもさようたい。銃口を出た途端、九発が散らばると。最前も言うたが、近場の撃ち合いならばショットガンが効き目あると」

と応じた萬八が水平二連銃の用途を繰り返し説明した。

「やってみよう」

空也は幾たびかスナイダー・エンフィールド銃を構えて、体に馴染ませた。

萬八はふたつの的を手に空也を見ていたが、

「よかね」

「ようござる」

一瞬の間を置いた萬八が海に向かって立ち、的を次々に投げた。ふたつの的の向かう先はそれぞれ高さと方向が大きく違った。

空也は左側の的が海面に近いと投げ方で確かめ、そちらに向かって引き金を引いた。

微妙な感覚。

即座に銃口を右に流し、虚空から海面に向かって落下し始めた的を狙って引き金を絞った。

ふたたび感触。

「ブラボー」

と操舵場から歓声が沸いた。

肥前丸で空也は剣術の稽古にライフル銃と散弾銃の射撃の訓練を加えて三日間を過ごした。

そして、いま、肥前丸の眼前に長江の河口が広がっていた。

「空也さん、長江《チャンチアン》よ。河口付近では揚子江《ヤンツーチアン》とも呼ばれる。河口の幅はほぼ十里、清国の奥地のチベット高原からこの東シナ海まで千五百七十五里（六千三百キロ）もあるの」

幾たびも訪れたことがありそうな麻衣が空也に説明した。

初めて清国を訪れた空也も寅吉も、黙り込んで十里もあるという河口を見つめていた。

「これが河口か、海の続きではないのか」

と寅吉が呟いた。

「河口よ」

「水源までおよそ千六百里近くだと。われら、まさかさようなところまで抜け荷交易に行くとはいうまいな」

と寅吉が意外に真面目《まじめ》な顔で麻衣に問うた。

「水源の高さは一万八千尺（五千四百メートル）、富士山の一万二千尺よりも高いわね、交易は無理よ。万年雪の山があるだけよ、寅吉さん」

と麻衣が言ったとき、肥前丸がロッテルダム号へと接近していった。

二

長崎を出て四日目の夕暮れ前、ロッテルダム号は、長江（揚子江）の河口、右岸から流れ込む黄浦江《ホワンプーチアン》に入って行こうとしていた。

黄浦江は長江河口・揚子江に流れ込む支流の一つであり、淀山湖《ディエンシャンフー》を源としておよそ二十四里（九十七キロ）の全長を持ち、合流部が呉淞江《ウースンチアン》だ。

「麻衣さん、ロッテルダム号のような大きな帆船が入って行っても差し支えないのでしょうか」

ロッテルダム号に麻衣と空也のふたりだけが乗り移っていた。

「空也さん、直ぐに分かるわ。上海は揚子江の支流の黄浦江にあって亜細亜《アジア》第一の交易港よ。元《げん》代というから五百年余り前ね、上海県として独立して、江戸幕府ができたころの明《みん》代に城壁とそれを囲む堀が設けられたと聞いたわ。空也さんがこれから見ることになる上海は、長崎を何十倍も大きくしたような河港の都ね。ここにはイギリスを始めとしたヨーロッパの国々が半ば公に半ば密かに出先の店を持っている。一つだけ大事なことを覚えておいて、この大きな国、清国をイギリス東インド会社《カンパニー》という組織が支配しているといっていいの」

「イギリスとは長崎で呼ぶエゲレス、またインドは天竺《てんじく》のことでしたね。イギリス東インド・カンパニーとは初めて聞く言葉と思えますが、イギリスとインドが連合して商いをするところですか」

「長崎の出島でも見受けられたわね。イギリス人がオランダ人と称して逗留しているわよね。あなたの怪我の治療に上海から呼ばれた外科医のカートライト博士も、東インド・カンパニーの一員なのよ。インド大陸を中心にアジア交易を目的に商いをしようとして造られた大店《おおだな》と思って。それが東インド会社よ。会社と呼ばれているけどイギリス政府が勅許権を持っていてね。インドを始め、アジア交

易の独占権を所有しているの。江戸幕府が開闢したころからアジア各地の植民地

交易を始めてきたから、今では天竺、インドはイギリスの属国といっていいほどよ」

麻衣の話は壮大で、空也の頭では半分も理解がつかなかった。

「空也さん、百聞《ひやくぶん》は一見《いつけん》に如《し》かずよ。上海を見れば、イギリスがこの上海を筆頭にインドと同じように中国大陸を支配しようとしているのが分かるわ」

と空也の当惑を察して言った。

「清国の公儀は黙って許しているのですか」

「空也さん、上海を見ればひと目で分かると言ったわよね。イギリス東インド会社は、最新の武器を搭載した戦艦や交易帆船を所有しているの。これは軍隊を保持しているということよ。彼らがなにかを企てても清国が抗えば戦も辞さない。私はイギリス本国に行ったことはないけど、和国と同じような小さな島国と聞くわ。それが巨大な力を得たのは東インド会社を設立して軍の力を背景に植民地経営なる身勝手な商いをしてきたからよ。繰り返すけど、イギリスはすでにこの中国大陸を支配しようと何十年も前から動いているわ。それほどの武力を持っているの」

麻衣とふたりだけ肥前丸からロッテルダム号に乗り移らされたにはそれなりの

事情があってのことだと空也は分かっていた。

肥前丸と長崎壱号は、ロッテルダム号同様にオランダ国旗から東インド会社の旗に取り換え、長江に入らず東シナ海を南下して、寧波《ニンポー》など海岸都市で長崎から積んできたという交易品をどこぞに売り渡すという。

「麻衣さん、このロッテルダム号もイギリス東インド会社なるものの支配下にあるのかな」

と空也は麻衣から聞いた話をもう一度頭のなかで整理して質した。

「むろん船籍はオランダよ。江戸幕府は長崎しか、それもオランダと清国の二国との交易しか公に認めてないわね。こたびの航海はいささか事情が違う。そこでロッテルダム号も交易の内容次第では、イギリス東インド会社の交易船に一時的に与《くみ》することがあるかもしれない」

「待ってください、麻衣さん。われらはイギリス東インド会社なるイギリス幕府と交易をなすのですか。それならなぜ、上海に来たのでしょう」

「オランダ出島と長崎会所、それに江戸幕府がイギリス東インド会社と商いするから内々の交易ということになると空也さんは考えたのね。そうなると上海は、取引きの場を貸すだけでなんの利益も得ないということよね」

うーむ、と空也は唸ったが頭が混乱していた。

「空也さんにはひとつ、上海に訪ねてくる大事な理由があったわね」

麻衣が空也の混乱を鎮めるためか話柄を変えた。

「なにかありましたか。なにしろ異国を訪ねるとは考えもしなかったので」

空也は混乱した頭でなんの考えも浮かばなかった。

「上海から長崎の出島へわざわざあなたのためにカートライト博士が来てくれて治療したのよ。それを忘れたの」

と麻衣が指摘した。

「おお、そうでした。麻衣さん、それがし、気を失っておったで、そのお医師どのの心遣いも顔も記憶にないのです」

「そうだったわ。ともかくカートライト博士に会ったらお礼を言いなさい」

と麻衣が忠言した。

「相分かりました。そのカートライト医師もイギリス東インド会社の一員ということは、イギリスの言葉で礼はどういえばよいでしょう。それがし、長い言葉は覚えられませぬ」

「ドクター、サンキュー、といえば意は通じるわ」

「ドクター、サンキュー、ですね。これならば忘れまい。覚えましたぞ」

「空也さん、ほら、上海が見えてきたわ」

と麻衣がゆく手の町並みに視線を向けた。

黄浦江の左岸にさらに河が流れ込んでいた。

呉淞江だ。

「いま遡《さかのぼ》っている河が黄浦江ね、そこへ呉淞江が流れ込んでいるのが見える」

「おお、石造の家並みや鉄橋も見えます。あそこが河港かな、大小の帆船が止まっていますね。これは長崎どころではない、繁華な都じゃぞ」

「空也さんが河港と呼んだ辺りを外灘《ワイタン》と清国人は呼び、黄浦江の河原の古都だった『外黄浦灘』の略称だって。イギリス人はなぜかバンドと呼ぶわね。バンドはペルシャ語だと聞いたことがある」

「麻衣さん、あれこれと異国のことをようも承知ですね。上海は幾たび訪ねられました」

こたびの船旅に出て空也は麻衣の新しい側面を見せられていた。そういえば、これまで麻衣から来し方を聞いたことがなかった。

「うーん、五たびくらいかな。最初は六つの折りよ」

と麻衣があっさりと言った。

長崎会所は江戸幕府が考える以上に異国との付き合いがあり、長崎の唐人街だけではなくその本国も承知なのだ。

「驚きました。たった六つの娘が異国を訪ねたのですか」

「空也さん、自国異国と二つに分けて考えると大変なことのような気がするでしょ。でも長崎から江戸を訪ねる半分の海路で上海に着くのよ。そう考えれば大した旅ではないわ」

「いや、分かりました。麻衣さんが異人との交わりが実に自然で、いくつも異国語を話せる理由が。麻衣さん、それがしの歳の折りはなにをしていたのです」

と空也は急に好奇心が沸いてさらに質した。初めての異国上海を眼前にしているのだ。

「今の空也さんの歳になにをしていたかって。異人とこの上海で所帯を持ったわね」

麻衣があっさりと答えた。

空也は冗談かと思い、麻衣の顔をしげしげと眺めた。だが、冗談ではなさそうだった。

「うーむ、麻衣さんには驚かされてばかりです。五島列島の島めぐりどころではないぞ。異人さんといってもいろいろいるでしょう」

「インド人の藩王《マハラジャ》の嫡子だったけど、半年で別れたわ。だって何人もいる女房のひとりだなんて癪《しゃく》に障らない」

と麻衣が言い切った。藩王がどんな身分か理解つかなかったが、麻衣ならばあっさりと相手を捨てようと空也は思った。

二艘《そう》の曳《ひ》き船に導かれてロッテルダム号が外灘にゆっくりと接岸しようとしていた。

パナマ帽に白いスーツを着た痩身の人物が手を振りながら、

「マイ、クー」

と呼びかけた。

「あのお方がカートライト博士よ」

と麻衣が教えて手を振り返した。

「おお、あのお方がそれがしの傷を診てくだされたか」

と応じると、

「ドクター、サンキュー」

と空也が大声で叫んだ。

カートライト博士がパナマ帽を脱いで、なにかを叫び返したがもはや空也には理解がつかなかった。

「博士は、空也がまさかこれほどまで回復しているとは信じられない。空也の生命力は大変なものだ、と申されているわ」

「麻衣さん、博士方のお蔭でそれがし、生き返りました。感謝いたしますぞ、と通詞してくだされ」

空也の言葉を麻衣がイギリスの言葉で返したとき、ロッテルダム号は外灘に接岸して、舫い綱が投げられた。

四半刻後、ロッテルダム号に乗船していたオランダ人の乗客たちといっしょに、外灘から何本も西に延びる通りの一つ九江路《キユウキヤンルー》に立つ立派な洋式旅籠《はたご》に麻衣も空也も投宿した。

四階の空也の部屋から外灘に停泊するロッテルダム号の灯りが見えた。

黄浦江に停泊する外国帆船も灯りを灯し、外灘の街灯の一つひとつにガス灯が灯されると、空也は、初めて異郷を訪れたことを感じることができた。

「見て、少し離れたところに灰色の砲艦が三隻停泊しているでしょ。あの三隻はイギリス東インド・カンパニーの戦闘艦よ。上海をあの三隻が鎮圧していると思って。それほどの武力をあの三隻の砲艦は持っているわ」

と外灘に降り立った空也に麻衣が言った。

独りになった空也はふと眉月のことを想い浮かべた。

眉月は異国の上海に空也がいることを知ったらなんというだろうか。そんなことを考えているとドアがノックされた。

「空也さん、私よ」

と麻衣の言葉にドアを開いた。

すると麻衣が長崎会所の小者を伴い、立っていた。その手には空也が肥前丸に残してきた、刀袋に包まれた修理亮盛光と脇差《わきざし》、わずかな私物の入った鞄が持たれていた。

「おお、盛光でござるな。有難い」

と空也が長崎会所の小者に礼を述べた。

「かような場合は、なにがしか礼をするのであったな。ところが異国の金子も和国の銭も持っておらんでな、すまん」

と詫びると、

「和人同士に気遣いなしよ」

麻衣が空也の部屋に入ってきて、

「なかなかの待遇よね」

「イギリス東インド会社はこたびの交易に重きを置いておられるのでしょう」

空也の推量に小者が部屋から出ていくのを確かめた麻衣が、

「すでにこの交易が蘭館、長崎会所、公儀にとって大事な取引きと船中で話したわね。それは事実よ。一方、イギリス東インド会社にとって、こたびの交易で儲《もう》けようなんて考えはないかもしれない。つまりこの取引きを受けたのは相手方にも曰くがあるということよ、空也さん」

「なんでしょうか」

と気軽に問うた。

「空也さん、あなたの腕をイギリス東インド会社の上海店は借りたいの」

「ほう、さようなことがございましたか。麻衣さん、曰くが話せるならばお聞かせください」

「聞いたら断ることはできないわよ」

と麻衣が忠言した。

「それがし、すでに異郷の地に立って、外灘の灯りを見ております。またカートライト博士にも最前お会いしたうえ、今晩夕餉をいっしょするのでしたな。この話、今さら断るなどできますまい。それがしの命を救ってくれたお方の頼みゆえ」

麻衣がほっとしたように安堵の顔を見せた。

空也は予期していたことだ。

異国にいくと聞かされたときから、なにか頼みをなされることを覚悟していた。まして肥前丸に置かれていた修理亮盛光が旅籠の部屋まで届けられたのだ。どのような用であれ、事を済ませて長崎に戻ると覚悟を決めていた。

「こたびの長崎からの交易船団に出島の蘭館が一枚からんでいるわね」

空也は黙って頷いた。

「イギリス東インド会社には先達がいるの。かような異国間交易を最初に考えたのはオランダ国なの。慶長《けいちょう》七年、西洋暦でいうと一六〇二年三月二十日にオランダ本国で世界初めての株式会社ができたの。会社というのはひとりの商人が資金を出して作るのではないの。何百人という人々が資金を提供し、資金に見合った持ち株をそれぞれが持つ。利が騰《あ》がったときには持ち株に合わせて分け前が支払われる。ひとりでやるより巨大な金子を動かすことができる。ゆえにオランダ東インド会社、正式には連合東インド会社というのだけど、それが世界初めての会社《カンパニー》なのよ。そして、本国ではなくアジアのバタヴィアに本店ができた。出島にミゲルのようなバタヴィア人が働いていたでしょ。オランダ東インド会社はバタヴィアと関わりが深いの」

「ヨーロッパとバタヴィアとの商いですか。どのようなものを売り買いするのでしょう」

「オランダは、アジアから胡椒《こしょう》、香辛料、砂糖、綿織物、珈琲《コーヒー》、茶を輸入して大いに利を得ていたの。ところが本国の勢いがヨーロッパで衰えて、一六八九年ヴィレム三世王がオランダ東インド会社の組織や株をイギリスに売り渡してしまったの。つまりイギリスがインドやアジアの国々を支配下において、イギリス東インド会社の力がオランダ東インド会社より大きなものになった。そして、いまイギリスは清国をインド同様に支配下におこうとしている。ここまで理解はつく、空也さん」

「なんとか」

「ならば話を進めるわ。夕餉まであと一時間、半刻はあるわね」

と言いながら小さな時計に目をやった。

空也が初めて見る豪奢な時計だった。

「最近、フランス国が試作時計を造り始めたの。その一つよ。アブラアン・ルイ・ブレゲという職人が宝飾のような小型の時計を造ったの。まだ商品としてはダメね」

「どうしてですか」

「空也さん、この時計ひとつで帆船に積む大砲がいくつ買えると思う。いや、帆船が買えるかもしれない。いくらヨーロッパに分限者がいるとはいえ、もう少し、そうね、マスケット銃百挺くらいの値段にならないと商品にならないわ」

「その時計がマスケット銃何百挺もの値段か」

空也がうう一ん、と唸った。

「眉姫に購おうと考えたの」

「麻衣さん、異国の立派な旅籠に泊まっていても、それがし無一文ですぞ」

「そうだったわね」

と笑った。その笑みが治まると、

「空也さんの働き次第ではこの時計が二つくらい買えるかもしれないわ」

「時計はもはやそれがしと関わりがない。ですが、それがしの仕事をそろそろ教えてくれませんか、麻衣さん」

頷いた麻衣が、

「これまで私の話を聞いて気がかりなことはない」

「長崎にですか、それとも江戸幕府にでしょうか」

「強いていえば江戸幕府ね。だけどその不安が和国に襲いかかるのは三、四十年後かな。つまり清国をイギリスが支配下においたあとよ」

麻衣の言葉を聞いて空也は必死で考えた。

「分かったかもしれません。イギリスもオランダも長崎会所もそれなりに交易の手立てを持っている。ですがこの清国は、上海に異国帆船をこれだけ泊めて交易していても、商いにはほとんど関わりがないのですよね」

「武者修行を辞めて長崎会所に奉職したら、空也さん」

「清国政府は、この土地で交易する以上、それなりの金子を払えと要求しているのではないですか」

「清国政府ならいくらでも手立てがあるわ。相手は誘拐、殺人、なんでもありの暴徒の集団、『蕃族王黒石《ばんぞくおうこくせき》』なる一味よ」

「麻衣さん、暴徒といっても、イギリス東インド会社は、三隻の砲艦のような軍隊を所有しているのですから、最新の装備をした軍が出れば、蕃族などひと溜まりもないでしょう」

空也の問いにしばし麻衣が沈黙した。

「上海のイギリス東インド会社は未だ正式なものではないわ。だけど、実際にはすでに陰で活動している。そんな会社の大株主のひとり、グレン・スチュワート氏のひとり娘、十二歳のアンナが二十数日前に誘拐されたの。イギリスを始め、異国人の交易会社はすべて上海から出ていかねば、アンナを慰《なぐさ》みものにして殺すという脅迫状が、イギリス東インド会社の設立委員会に届いたのよ」

空也はようやくイギリス東インド会社の陥った苦境を理解した。だが、なぜ、坂崎空也が上海に連れてこられたか、いま一つ分からなかった。

「空也さん、あなたはなぜ上海に呼ばれたか、戸惑っているのね」

「いかにもさようです。なぜ、それがしが関わる要があるのですか」

「暴徒の集団『蕃族』の長は王黒石といったわね。その参謀がどうやら厄介なの。薩摩の生まれで琉球に派遣されているときにこの上海に移り住んだ。名前は、仮《かり》屋園豪右衛門《やそのごうえもん》と分かっている。この十年以上、この上海に暮らし、あなたのことは全く知らないと思われる。剣術は御家流儀」

「示現流、ですか」

「そういうこと」

と応じた麻衣が、

「そろそろ夕餉の刻限ね」

と言ったとき、ドアがノックされた。

三

カートライト博士が空也の部屋を訪れてくれた。

通詞の麻衣を通してあれこれと口頭での診察のあと、傷のあとを触り、三月《みつき》ほど前に受けた脇腹から胸部の刀傷を丁寧に診察してくれた。

空也自身もほとんど肉体的な差し障りはないと答えた。

「あれほどの刀傷を受けた者が三月もしないうちにほぼ常態に戻ったとは奇跡ですぞ。信じられない」

と博士が麻衣に言ったそうな。さらに、

「意識の回復も高麗人の剣客が剣を振るってクーヤに気を送って蘇生させたと聞いたが、高麗人の剣客やらサムライとはどのような人間なのか。われらの医学的知識や体験では信じることができない」

との言葉を聞いた麻衣が、

「私自身、その場にいたわけではございません。ふたりだけが籠る部屋の中から濃密な気が漂ってきたの。蘇生したと聞いて、私が部屋に入ると、なんと空也も刀を抜いていたの」

との説明にカートライト博士が首を激しく横に振った。麻衣が、

「ドクター、明日にも空也の稽古を見ることね。近ごろでは刀術だけではなく出島でマスケット銃や短筒の稽古もしているわよ。なかなかの腕前ですよ」

と言い添えた。

博士はもはや無言であった。

「百聞は一見に如かず、と和国の格言があるわ。機会があれば空也の稽古を見ることよ。上海でも有名なラインハルト神父剣士と戦って空也が始末するところを私は見たわ。ラインハルトは双子の兄弟で何人もの剣術家を長崎で殺して、野崎

島という小さな島に逃げて隠れ潜んでいたの」

「おお、その話は聞いた」

とカートライト博士が思い出したように答えた。

ふたりの問答は空也には理解がつかなかった。だが、その表情からおよそ察しはついた。

「ドクター、イギリスの騎士に武者修行という習わしがあるかどうか知らないけど、空也は十六歳で武者修行に出て、こたびのことを含めて二度ほど死ぬ目に遭い、そのたびに生き返った。その間に武名を世間に轟《とどろ》かす五人の剣術家を斃していたのよ」

「イギリスにも古《いにしえ》にはさような風習はあったと聞く。だが、今では剣術より鉄砲や大砲の時世が到来しているでな、さような旅をする騎士はおるまい」

「和国でもいっしょよ。空也の父御は和国で一番名高い剣術家よ。ゆえに幕府の官営道場と評される尚武館を受け継いでいるわ。百戦錬磨の剣客が大勢集まっているなかで、空也はもまれてきたのよ。その上で独り、和国のなかでも特異な薩摩に入り、命がけの修行を二年近くやり遂げたのよ。空也も刀や剣から鉄砲、短銃、大砲の時代の到来を承知しているわ。だからこそ、銃の威力を空也は身をもって知りたいのよ」

麻衣の言葉を反芻《はんすう》したカートライト博士が、

「マイ、アンナ・スチュワートを誘拐しておる蕃族の腹心のサムライは、なんと言ったかな」

「仮屋園豪右衛門ね」

「その男はたしかサツマの出であったな」

「そう聞いている。だけど、空也の歳の倍ほどの仮屋園は、異国暮らしが十数年に及ぶと聞いたから、空也のことは全く知らないはずよ」

「どちらが強い」

「ドクター、それは分からない。空也には上海を訪れた曰くを話してあるわ。空也は薩摩藩の御家流儀示現流の名高い酒匂一派と勝負して父子三人を斃している わ。ゆえに空也のほうが相手の剣術を承知ともいえるわね」

「マイ、明日、空也の技量を見てみたい。その仕度をさせておこう」

とカートライトが応じた。

夕餉は旅籠の広間で行われ、上海に逗留するイギリス人貴族や紳士を始め、二十人が集う会食になった。どうやらこの旅籠にイギリス東インド会社の上海支部設立準備委員会が設けられているようだった。

そんなところまで察しはついたが、空也は一切彼らの問答が理解つかなかった。

空也と麻衣に向けられた問いには麻衣が答え、空也に通詞する暇はなかった。それはそうだろう。十二歳の娘の生死がかかった険しい問答だった。

時折り、ひとりのイギリス人の厳しい視線が空也に向けられた。

麻衣の説明ではアンナ嬢の父親で、イギリス国のスコットランドの侯爵《こうしゃく》にしてイギリス東インド会社の上海支部設立準備委員会の大物のひとりだという。だが、最後まで口を開くことはなかった。その代わり、痩身の紳士が空也を睨みながら質問した。

他の紳士方からも質問が次々に出た。

この問いに関して麻衣は一切答えず、カートライト博士が応じた。

麻衣が小声で、

「明日、ロッテルダム号の船倉を道場代わりにして空也さんの腕前を試す集いが行われるわ」

「致し方ありません。事情が事情ですから。麻衣さん、それがしの役目はアンナ嬢を無傷で取り戻すことですね」

「スコットランドのスチュワート一族は武器商人よ。空也さんがアンナさんを助ければ、彼らはどのようなことでもこちらの要望を聞くわね」

「ならばそれがしができることをやる。それだけしか答えられません」

と空也が麻衣に言い切り、麻衣が通詞した。

夕餉の一座が頷き、明日の再会を約して散会した。食い物にはほとんど手がつけられてなかった。

その場にカートライト博士、麻衣と空也だけが残った。カートライトが空也に告げた。麻衣が即座に通詞した。

「彼らに非礼を感じるならば許してくれぬか。ひとりの少女の命がかかっているのだからな」

「ドクター、理解しています。相手方にそれがしの同胞がいるのです。どのような質問があったかそれがしには理解がつきませぬ。されどご一統の苛立ちに満ちた気持ちは察することができます」

改めて三人だけで夕餉を黙々と食した。

食事のあと、空也の部屋まで麻衣が従ってきた。

「空也さん、私に聞くことはない」

と麻衣が改めて質した。

しばし沈思した空也が疑問に思っていたことを思い出した。

「アンナ嬢が誘拐されたのは初めてのことでしょうか。つまり他にも娘が拐《かどわ》かされたことはないのですか」

長い沈思のあと、麻衣が首を横に振った。

「アンナ嬢の他にふたりがすでに拐かされたの。ひとりは生きて戻ったそうよ。ですが、もうひとりは呉淞江に死体で浮かんでいた」

「生きて戻された娘のお身内は金子を支払ったということですね」

「と、思われている。推測しか述べられないのはこの一家が密かに上海から立ち去っているからよ。もうひとりの殺された娘の遺族はイギリス東インド会社上海支部設立準備委員会の頭分《ボス》、夕餉の折り、一番激しい口調で言い募っていた痩身の紳士よ」

「相分かりました。もうひとつ、麻衣さんが分かることならば応えてくれませんか」

「アンナ嬢はどうやって拐かされたかと聞くのね」

空也が頷いた。

「アンナ嬢は週《ウイークデー》に二日、踊りの稽古に行くの。ああ、空也さん、ウイークデーという西洋人の使う暦の呼び方が分かる」

と麻衣が質した。

「出島でミゲルから聞いたのでおよそは分かります。七日をひとつの単位にして土曜と日曜日と称する週末は仕事はなさず教会にお参りしたり、馬車や小舟にて親子で遊びにいったりするのではなかったでしょうか」

「そう、そのとおりよ。アンナ嬢は七日のうち二日、馬車か小舟で踊りの稽古に出ていたの。行く曜日も馬車や舟が通る道も毎日変えて、警護の者が船頭や漕ぎ手の他にふたりから三人、鉄砲持参で同行していたそうよ。その日、アンナ嬢は自宅から小舟で踊りの稽古場に行った。バレエの稽古が終わったあと、帰りの舟がいきなり襲われて警護の者と船頭たちは弩《ど》という弓の一種で射殺された。乗っていた舟はその場に放置されて文が残っていた」

「金子の要求ですか」

「いいえ、ひと月以内に欧州人たちが上海からひとり残らず出ていくよう認《したた》められていた。金子と違い、これればかりはイギリス東インド会社の設立を目指している彼らには受け入れられない」

麻衣の説明でアンナ嬢が拐かされた模様が空也にも漠然とだが分かった。

「麻衣さん、ロッテルダム号のそれがしの技量を確かめる明日の刻限はいつでしたか」

「午後の三時、私たちの刻限で八つ半ね」

「相分かりました。麻衣さん、その前にそれがしを小舟に乗せて、アンナ嬢の屋敷から拐かされた場所まで案内してくれませんか。その他にも少しでも外灘界隈の様子を知りたいのです」

「分かった。これから手配して明朝九時、五つ半にこの旅籠の前から密かに出立することにしない。黄浦江と呉淞江など水路を見て回ることになると思うわ」

「頼みます」

「私はもう一度カートライト博士に会って、この仕度を願う。空也さんは少しでも体を休めておきなさい」

と言い残すと麻衣は部屋を出ていった。

空也は旅籠の部屋に異人の風呂があるのを見て、出島で使ったことを思い出し、湯を張って、この数日潮風に吹かれた体を湯に浸《つ》けた。あれこれと思案することが雑多にあって、空也の頭は混乱していた。

ふと気付いた。

カートライト博士は一介の医師ではなかった。イギリス東インド会社に深い関りをもつ重要な人物であることを。

空也は細長い湯船に体を浸して頭からいったん雑念を追い出し、無にすることにした。半刻を湯船で過ごした空也は長崎から持参した下着に換えて寝台に入ると、ことん、と眠りに就いた。


翌朝、上海の刻限で八時に起きて仕度を整えた。

洋装だが左腰の革帯には柄袋《つかぶくろ》をかぶせた修理亮盛光を異人たちの剣のように吊《つ》るした。腰のあたりがなんとも頼りないがそれに慣れるしかあるまいと思った。

朝八時に麻衣が訪ねてきて朝餉を昨日と同じ食堂で済ませると、旅籠の外階段から庭に下り、この宿専用の船着場に止められていた小舟《ボート》に麻衣と空也が乗った。

船頭は三十代半ばの清国人と思えた。

「珂東金《かとうきん》は、イギリス人の言葉も長崎弁も少しなら話すわ」

と麻衣が船頭を紹介した。

どうやら長崎に滞在したこともありそうな人物だった。

「よしなに付き合いお願い申す」

「分かりましたと」

と珂が応じた。

旅籠の裏口にも運河が走っていた。

珂は本日の目的を承知のようで堀を南に向かって進め、直ぐに左折した。そして、暗渠《あんきょ》に入るといつの間にか外灘の半丁ほど北にロッテルダム号が停泊しているのが見えた。

「まずアンナ・スチュワートの家に向かうわね。私たちの旅籠のある九江路から遠くはないの。呉淞江と黄浦江の合流部近くよ。アンナは呉淞江の橋の袂《たもと》の屋敷から四川中路にあるバレエ・スタジオ、稽古場に通っていたの」

と麻衣が空也に言い聞かせた。

小舟はイギリス人が造ったものか、珂東金は船尾で櫓《ろ》ではなく両手に櫂《かい》を持って巧妙に操った。

ロッテルダム号には大勢の荷方が乗り込んで、長崎から積んできた交易品を下ろしていた。

「長崎からなにを積んできたのであろうか」

「昔は和国から異国へ交易する品がなかったのよ。唐人の国から生糸《きいと》などを購うために金や銀で支払い、のちには銅で支払っていたの。近ごろでは伊万里《いまり》などの焼き物、蒔絵《まきえ》、漆器《しっき》などや工芸品、それに空也さん、刀も交易品のひとつよ」

「なに、刀も異国に売るのですか」

武家方にとって刀剣は、ただの殺し道具ではない。

また己の命を守り、他人の命を絶つ刀を道具の域を超えたものと、空也は理解していた。その証に空也の命を救ったのは李遜督の剣であり、空也の佩刀修理亮盛光であった。その刀を異人との交易の一品として売り買いする、夢想だにしなかった。

「ただし、こたびの買い物はそんな品では足りない。公儀は、大判・小判で異国の品を求めることを禁じているの。だけど、天正大判《てんしょうおおばん》や慶長小判をある程度用意したわ。長崎会所にとってもこれまでにない大商いなのよ」

とロッテルダム号の傍らを通過しながら麻衣が言った。

「和国の今後がかかった交易というわけですか」

「そういうこと」

と麻衣が淡々とした声音で応じた。それだけに空也は徳川幕府を、いや、和国の今後を左右する交易かと改めて思った。

ロッテルダム号から何人かのオランダ人たちが麻衣と空也に手を振ってきて、ふたりは振り返した。

「空也さん、これから呉淞江に入るわ。橋が架《か》かっているわね。その左手南側の大きな屋敷がスチュワート家よ。あまりじろじろと見ないで。怪しい者に間違われて鉄砲で撃たれても敵《かな》わないわ。ここでは人の命は、犬猫以下の価値しかないの。むろんイギリス人たちは格別よ」

と麻衣が注意した。

「大きな敷地ですね。江戸の大名屋敷ほどの広さがあるな。塀の上から三階部分が見えておる。武器商人とはなんとも金儲けができるようだな」

と視線を小舟の行く手において横目で屋敷を見た。

「あの日、アンナ嬢の小舟が通った水路を珂が案内するわ」

とすでに珂船頭には説明してあるのか、麻衣がそう言った。そして、手に携えてきた袋から革に包まれたものを摑んだ麻衣が空也に差し出した。

「なんでしょう」

「空也さん、この地ではなにがあってもおかしくない。これを身につけていて」

革包みを触った瞬間、空也は「短筒」と分かった。無言で革を拡げると出島の射撃場で撃ったことのある短筒よりも造りのよい二連銃が革鞘に入っていた。

「なんと、それがし、短筒を携えますか」

と空也は革鞘から短筒を抜いた。

「私の堺筒もそうだけど、短筒の命中率は悪いのを承知よね。ただしこの二連短筒、イギリス人が工夫したライフリングがしてある」

「ライフリングとは螺旋《らせん》状の溝が彫ってあるせいで弾が回転しながら飛ぶゆえ、曲がることが少ないのでしたね」

「そういうこと。カートライト博士の護身用の短筒だったの。いまこのピストルが要るのはクーヤだと言って贈与されたものよ。ドクターの気持ちを察して身につけていなさい。見てのとおり、二連短筒ゆえ二発は発射できる」

空也は使い込まれた象牙《ぞうげ》製の銃把を握った。空也は和人としては手足が大きい。ぴたりと吸い付くような感じであった。

「空也さんの勘と眼ならば護身用としてうってつけよ。上着を脱いで左の脇腹に革帯でつけてご覧なさい」

　空也は上着を脱ぐために立ち上がった。麻衣の手助けもあって二連短筒が脇腹にぴたりと納まった。上着を着る前に幾たびか短筒を繰り返し抜いた。

「なんとも不思議な武者修行になったな」

　と呟く空也に、

「飛び道具を携えているからといって武者修行ではないといえないわ。武器を使うのは人間よ。持ち主の人柄によって卑怯者《ひきようもの》にもなれば、勇者にもなるの。刀や短筒はただの道具よ」

　麻衣の言葉をしばし考えた空也が頷いた。

　いつの間にか、スチュワート邸の広大な敷地の裏手を流れる堀へと珂船頭のボートは入っていた。

　空也はボートに座ったまま、二連短筒の革鞘に手を伸ばして銃把を摑み、抜き取る動きを繰り返しつつ、前進するボートの前方から左右の光景に眼をやっていた。

「見て、左手の先に石段があるわね。あの石段の先にバレエ・スタジオがあるの。珂東金、船着場につけて」

と麻衣が与えた最後の命は珂に向けてのものだった。

「分かったと」

と珂船頭が返事をしてボートが船着場に横付けされた。

空也と麻衣がボートから船着場へと跨《また》ぎ越えて、石段を上がった。

「ほら、この建物の二階が踊りの稽古場よ。建物すべてがスチュワート家の持物だから音がしてもどこからも文句が出ないわ」

「ほう、バレエなる踊りは音が出るものですか」

「飛んだり跳ねたりするから音は出るわね」

空也が耳を澄ませていると女の声が響き、何人もの足音が聞こえてきた。

「剣術や射撃場ほどの物音ではないな」

と空也が言いながら辺りを見回した。

この界隈は異人と清国人の余裕のある階級が混在して住んでいるように思えた。むろんスチュワート家のような大富豪とは違った住人らが暮らしていた。

異人の女を乗せた馬車や清国人の親子と荷物を載せた人力車がふたりの前を通り過ぎていった。

「スチュワート邸からここまで来る間にアンナ嬢は襲われたわけではないです

ね」

「そう、帰りの舟が襲われた。ボートに戻りましょうか」

と麻衣の言葉に頷いた空也は、石段を下りる前にいま一度バレエ・スタジオとその辺りを見回した。

なんの勘も働く様子はなかった。それとも異国にきたせいで集中心が散漫になっているだろうかと思い直した。

ふたりを乗せたボートは来た方向へ戻るのではなく、堀をさらに南に向かって進んだ。

「空也さん、見える。堀が交差して木橋が架かっているでしょ。あの辺りでアンナ嬢の乗るボートは襲われたの」

「相手方は橋の上からと橋の下に止めた舟から同時に襲ったのではないですか」

「そういうことね」

「よし、その場所を見てみましょう」

ふたたびボートを離れた空也と麻衣は、住まいでもあり仕事場でもある数艘の仕事船が止まる辺りを凝視した。

「当然、荷船の住人は厳しく調べられた。だけど、『也不知道《なにもしらない》』の一語しか返ってこなかった。それだけ『蕃族王黒石一派』が怖いのね」

無言で頷いた空也はボートから木橋に上がった瞬間、久しぶりに監視の眼を感じて、なぜか安心した。つまり和国でも異国でも空也に関心を持つ人間の気配に察しがつくことが分かったからだ。

四

ロッテルダム号にイギリス東インド会社の設立準備委員会の紳士方が集まってきた。昨夜、空也らの旅籠に集まった二十人余りの面々だ。

ロッテルダム号の甲板下の船倉の一つは、長崎から積んできた交易品が下ろされて作業員らは別の船倉で荷下ろしをやっていた。

この空《から》の船倉は畳敷きにしておよそ百畳の広さがあり、天井も高かった。荷は伊万里焼など箱に詰められた陶器だったという。

空也は麻衣といっしょにスチュワート家の当主らより三十分ほど早く空の船倉に入り、床などを調べた。しっかりとした床板で剣術の稽古をしたところで差し障りはなかった。

船倉の隅に空也が麻衣に願って運び込ませた径二寸余の長棒が十数本と、その長棒を支える頑丈な台がふたつあった。むろんこれらのものは、野太刀流の稽古、「続け打ち」や「掛《か》かり打ち」に使われるものだ。薩摩剣術を知らぬイギリス人の面々に見せる技だった。

空也は上着を脱ぐと革鞘の短筒を外して上着に包んで隠した。

午後三時前、紳士方と明らかに身分の違う五人の男たちが連れられてきた。ヨーロッパ人三人は、剣の遣い手、残りの清国人も鉾《ほこ》や青龍刀《せいりゅうとう》から察して武術自慢のふたりだった。

麻衣とカートライト、それに紳士方の代表が話をして、南蛮人と思しき剣術の遣い手と木刀を手にした空也が一対一で対峙《たいじ》した。

背丈は空也より二寸ほど低かったが五体はがっしりとしていた。南蛮人の得物《えもの》は重そうな直剣だったが、両刃ともに刃引きがしてあった。

麻衣が空也に目顔で合図し、南蛮人には異国の言葉で声をかけた。

間合い二間余りで空也は一礼したが、相手は両手で保持した直剣を体の前で左右に振ってみせた。

ブルンブルン

と刃が船倉の淀んだ気を絶つ音がした。

その瞬間、相手の力量が推測された。

空也はゆっくりと木刀を正眼に置いた。

海賊らと幾たびとなく戦ってきたのだろう。南蛮人は自信満々に直剣を上段に突き上げた。

空也は幼い折りより馴染みの静なる直心影流中段の構えで応じた。

紳士のひとりが突然笛を吹いた。打ち合いの合図だろう。

「オー」

と応じた南蛮人が一気に間合いを詰めて、重い直剣を空也の脳天めがけて振り下ろした。

不動の構えの空也は、引き付けるだけ相手を引き付けて胴打ちを放った。むろん力は三分から四分程度の強さだった。

直剣が空也の脳天を叩く直前に木刀が南蛮人の胴を巻きつくように叩いて船倉の床に転がしていた。南蛮人は必死で起き上がろうとしたが、腰が抜けて立ち上がれなかった。仲間が船倉の端に引きずっていった。

二番手は青龍刀の清国人だった。

それを見た空也が麻衣に願った。

にっこりと微笑んだ麻衣が紳士方に分かる言葉で告げた。その言葉を聞いた紳士方が驚き、空也と打ち合う予定の四人は怒りの表情を見せた。なかには鉾を空也に向かって突きかける清国人もいた。

一対四の対決に紳士方が関心をしめし、何ごとか対決者に命じた。

「叩きのめせ」

とでも鼓舞したか。

空也はふたたび木刀を正眼に戻して静かに待った。

後の先。

それが空也の選んだ戦法だった。

笛が鳴り、四人が一気に空也に攻めかかった。

体の大きな四人に空也が囲まれて、それぞれの武器が一斉に襲いかかったように見物人には思えた。直後、四人の武器の襲来をそよ風のような動きの空也の木刀が戦《そよ》いで、次の瞬間、四人が船倉の床に転がっていた。

なにが起こったのか、認めた者はだれもいなかった。

なんとも不思議な剣法だった。

四人組のほうが力では圧倒し、早さも迅速だったにも拘《かか》わらず、そよ風に変じた一本の木刀を持った空也が毅然として立っていた。

(この者はなにをしたのか)

静寂が船倉を支配した。

長い沈黙だった。

カートライト博士が麻衣に質した。

麻衣は直感的に父親の坂崎磐音から伝授された直心影流の技の一つだと信じて、そう告げた。

「マイ、なぜだ。緩やかな動きの木の棒が四人を一時に倒したではないか。魔術でも見ているようだな」

「ドクター、この五人をロッテルダム号の船倉より外へ出してくれませんか。空也さんがあなた方に見せたい技があるようですから」

と麻衣が答えて五人が船倉からよろめきながら姿を消した。

空也がその間に薩摩剣法の稽古に使われるタテギを船倉の中央に仕度した。

「マイ、なにが行われるのだ」

「ドクター、蕃族一味の遣い手の仮屋園某《なにがし》は和国の薩摩の剣術を使うようですね。どなたかご覧になったお方はございますか」

と イギリス東インド会社の設立準備委員の紳士方に麻衣が問うた。

だれもが首を横に振った。

「だれもサツマのサムライの剣術を見たことがないのだ」

と空也が呟き、

「ならばなぜ仮屋園豪右衛門を恐れるの」

と麻衣が自問した。

カートライトがしばし沈黙して、覚悟を決めたように言った。

「イギリス東インド会社側も蕃族一味に刺客を何人も送り込んだ。そのすべての刺客が撲殺《ぼくさつ》されてわがホスピタルの前に転がされていた。その頭は元の顔が分からぬほどに叩きつぶされておった。鉄兜《てつかぶと》をかぶっていた者までもが頭を潰されていた。すべてこれがサツマのサムライひとりの仕業《しわざ》というのだ」

と説明した。

麻衣はカートライト博士の説明を空也に通詞して告げた。

空也はすでにタテギの仕度を終えていたが、静かに頷いただけだった。

「麻衣さん、こう言ってください。薩摩剣法は、和国のなかでも特異な剣術で、一撃必殺、迅速な動きと圧倒的な力の武術だ。最前、それがしが打ち合った五人の技と似ているかもしれません。ただし、薩摩のそれは半端ではない。その稽古をお見せしましょう」

すでに空也の野太刀流の業前《わざまえ》を承知の麻衣が滑らかな口調でイギリス人らに説明した。するとそのひとりから問いが返ってきた。

「なぜ、この者はサツマの剣法を承知か、と聞かれたわ」

「麻衣さんがそれがしについて承知のことを手短に告げてください。でもいくら説明しても分かってはもらえないでしょう。見せたほうが早い」

空也の言葉を麻衣が通詞して、一同は空也が設えた「タテギ」に視線を向けた。

「まさか上海で薩摩剣法を披露《ひろう》すると思わなかった」

と独りごちた空也は薬丸新蔵が知ったら、

(なんというだろうか)

とふと思った。

(よかろう。それがしも新蔵どんも修行中の身、なんでもやらねばなるまい)

と覚悟を決めた。

木刀を手に麻衣に言った。

「この紳士方にも剣術自慢がおられましょう。それがしの木刀でタテギを叩いてみぬか、と問うてみてはどうでしょう」

「試させようというの」

「そういうことです」

「空也さんもただ大道芸のように独り、投げ銭もなくやらされるのはつまらないものね」

と言った麻衣が空也の意を一同に告げた。

するとひとりの巨漢が名乗り出て上着を脱いだ。

「トマス・クリスティはスチュワート家の護衛方の長よ。アンナ嬢が誘拐されたときの警護方はトマスの部下なの。それだけにこたびのことは悔やんでいるわ」

トマスが空也と麻衣の元にきてなにかを告げた。麻衣が頷くと、

「トマスは木刀より本物の剣で叩き割りたいと言っているわ。どうする、空也さん」

「最前、それがしが立ち合った者の刃引きした剣が残っております。あれではいけませんか。どうでしょう」

麻衣の通詞に頷いたトマス・クリスティが船倉の隅に転がっていた剣を拾い、

重さと長さを計っていたが、うんうんと頷くとタテギの前に立ち、刃をタテギに触れさせて何事か言った。

「十数本はありそうじゃな。さすがに刃引きした剣ではすべては切れぬ、と言っているわ」

と麻衣が手早く通詞した。

「この長棒を束ねた横木は力一杯に叩くと手首を傷めます。まずは軽く試してみよ、と忠言してくれませんか」

と空也が言い、麻衣の通詞にトマスが首を傾げた。若いだけに和人の言葉など聞くまいなと空也が思った。

タテギの前に立ったトマスが両手で保持した両刃の剣を上段に構え、中段へと幾たびか上下させ、すっくと立って剣を上段に戻すとともに腰を沈めるや、全力でタテギに叩きつけた。

ぎゃあー
悲鳴が上がって両刃の剣がトマスの手から船倉の床に転がった。

「ああ、痛いぞ」

とでも言いながら悔いの言葉を洩らすトマスに麻衣が、

「カートライト博士に見てもらいなさい」

と言い放った。するとカートライトがなにか言い返した。

「クーヤの親切な言葉を聞き入れぬゆえそうなる。わしは知らんぞ」

とでも言い返したと空也は推量した。

トマス・クリスティに代わって空也が木刀を手にタテギの前に立った。そして、数瞬瞑目すると両眼を見開き、蹲踞《そんきょ》の構えでタテギに向き合った。

神前で祈るような聖なる態度をだれもが凝視していた。

「参る」

と立ち上がった空也が右足を前に右蜻蛉《とんぼ》に木刀を構えると、紳士方から感嘆の声が洩れた、と思えた。だが、空也は続け打ちの構えに没入していた。

次の瞬間、蜻蛉に構えられた木刀が、

「はっ」

という気合とともにタテギを叩いた。すると十数本のタテギが大きく撓《たわ》んだ。

大きな歓声が沸いた。

一本だけで続け打ちを止めた空也がするするとタテギから後退した。およそ五、六間の間合いをとってふたたび右蜻蛉に構え直した空也がタテギに向かって走り出し、ふわりと虚空に飛んだ。

見物人が想像した以上に高く、和人の若武者は飛んでいた。

「チェースト」

と聞こえた気合が船倉に響き、下りてきた空也の木刀がタテギの真ん中を叩いた。

ボキリ
と鈍い音を響かせて十数本の長棒を束ねた横木がきれいに折れていた。

イギリス人の全員が息を飲んだ。

無言を破ったのは、空也の和語だ。

「薩摩流の剣法にそれがしが子供のころから稽古を積んできた直心影流の技を加えた、それがし流の『掛かり』なる強打にござる。技量の違った相手の頭を断ち割るくらい造作もござらぬ」

と洩らすと麻衣がその言葉を通詞した。

カートライト博士が麻衣の言葉に応じた。

「これで刺客たちの頭が潰れていたことの理解がついたそうよ」

と博士の言葉を空也に伝えた。

娘を誘拐されているスチュワート家の当主が、

「蕃族一味のサツマ・サムライにそなたは勝つ自信があるか」

と空也の顔を正視しながら麻衣に言った。

「麻衣さん、このお方、それがしと仮屋園どのとどちらが強いかと尋ねておられるのではないですか」

「空也さん、スコットランド訛りの英語が分かるの」

「言葉は分からずともこの際聞かれるのはそのような問いではないでしょうか」

「いかにもさようよ。で、なんと答えればいいの」

「スチュワートどの、それがし、全力を尽くすのみ」

麻衣が空也の短い言葉を通詞すると、スチュワートが空也の手を握って、

「頼む、娘を救い出してくれ」

と真剣な表情で願ったと麻衣も空也も理解した。

麻衣と空也はロッテルダム号から珂東金船頭の小舟に乗り込んだ。

「えろう旦那《だんな》方が興奮しとらすが、どげんしたとな」

と珂がふたりに聞いた。

「空也さんが手妻《てづま》を披露したのよ」

「手妻ちいうたら、マジックやろ。どげん手妻を見せたとやろか」

珂の長崎訛りの言葉はだんだんと滑らかに喋れるようになっていた。

「薩摩の剣法を披露したと」

「ふんふん、そんでイギリスの旦那衆が興奮しとらすな。そらよかばってん、アンナ様をどげんして助け出すな」

とふたりに聞いた。

麻衣が空也を見た。

「バレエ・スタジオの帰路にアンナ嬢が襲われた橋に戻りたいのだがな」

「そりゃ、容易《たやす》い用たいね」

と両手に櫂を持った珂船頭がロッテルダム号の船腹から小舟を離した。

黄浦江の左岸、外灘を小舟は上がっていった。

空也は二連短筒を革鞘に突っ込み、左脇腹に吊っていた。だんだんと慣れてきていた。そんな様子を麻衣が何げなく見ていた。すると空也が革財布を麻衣の手に渡した。

「なに、これ」

「それがしが上着を脱ぎ、畳んで短筒を隠していたところにその革財布がありました。どう考えればよいでしょう」

しばし麻衣は掌の革財布を見ていたが、

「この十字と太陽の家紋はスチュワート家のものよ。つまりスチュワート氏はこの中の金子をどのように使おうと構わぬ、娘を助けてくれと空也さんを信頼して渡したのよ。おそらくイギリス金貨かメキシコ銀貨が小判にして二、三百両は入っているわね」

と麻衣が言った。

空也は無言だった。

「魂消《たまげ》たとはいわないの」

「それよりも肩にどさりと重き親心が載った気持ちです」

「どうするの」

「有効に使うとしましょうか」

麻衣が空也に戻すように差し出した。

「それがし、中身の金貨と銀貨の区別もつかないでしょう。悪いが麻衣さんが携えていてくれませんか。使い道はないこともない」

と空也が言い切った。

四川中路ぞいの堀と福州路ぞいの堀が交差する橋に珂船頭の小舟は戻ってきた。

「空也さん、どこへ着けますな」

「珂船頭、上海の仕事船は身内を乗せて仕事をするようだな」

「長崎ではみかけんやったがな」

「江戸では荷船に一家を乗せて働くでな、なんとなくそう思ったのです。過日、アンナ嬢が拐かされた折りも荷船が止まっていたはずだ」

「そのことは空也さんにいうたな。蕃族の王黒石が怖いでな、騒ぎを見ていても絶対に口は割らぬぞ。スチュワートさんも警護方のトマス・クリスティさんに命じて厳しく調べたはずだ。じゃがダメだったでな、空也さんに出番が回ってきた」

「珂さん、蕃族一味は、暴力を振るって脅《おど》すだけで、目撃した者たちに口止めの金子を払うことはないだろうか」

「蕃族はうちら上海人に銭を払うことはない」

と言い切った。

「相分かった」

と応じた空也が、

「あの橋下の荷船の間にこの小舟を着けられぬかな」

「蕃族一味が未だ見張っているかもしれんぞ」

「それが狙いです。われらが本日から小舟に寝泊まりするとどうなるかな」

珂船頭も麻衣も無言だった。

「小舟で寝泊まりしても寒くはなかろう」

と呟く空也の声だけが舟のなかに響いた。

第五章　過ぎし縁

一

この夜遅く、空也、麻衣のふたりは珂船頭の漕ぐ小舟《ボート》で上海人の寝泊まりする荷船が集う橋下に戻ってきた。

空也はアンナ嬢の誘拐騒ぎを必ず荷船の住人のだれかが目撃しているはずだから、なんとしても目撃者に直に話が聞きたいと麻衣と珂に主張した。

だが、イギリス東インド会社所有の帆船の小舟で四川中路の橋下に何日も逗留するなんて、とても危険だし三人が暮らすのは無理と珂東金が主張した。

「ほかにアンナ嬢のもとへわれらが近づく方策があるか、珂さん」

と空也は幾たびも願った。

この男ふたりの問答に麻衣は加わらなかった。

「珂東金さん、蕃族一味はそなたがわれらと行動を共にしていることはすでに承知していよう。われらがこの上海でどう行動しようとしまいとやつらは必ず監視している、今もな。それがしの勘を信じよ」

空也の言葉を珂船頭が長いこと考え込んだ。

「珂さん、われらが橋下に留まるという危険を犯せば、あそこの住人が証言しないまでもやつら一味を捕まえるか、アンナ嬢の拉致《らち》されている塒《ねぐら》を知ることのきっかけになるかもしれぬぞ」

沈黙を続けた珂船頭が、

「いったん黄浦江に戻らんね。長期戦になるかもしれんたい。ならば仕度がいると思わんね」

と空也に言った。

「ほう、仕度な。たしかにわれらは小舟では何日も暮らせぬな」

と空也も得心した。

珂にはなにか企《たくら》みがあるのだと空也も麻衣も考えた。

珂船頭は四川中路の堀から引き返すと黄浦江外灘《ワイタン》の対岸の工場街の一軒、船問屋と思えるところを訪ねて、濡れてはならぬ荷を運ぶための屋根船に寝具や炊事道具などを揃え、さらには麻衣と空也の形《なり》を現地の人間のそれに代えようとした。

空也はしばし考えて古着のなかに小袖《こそで》と裁《た》っ着《つ》け袴《ばかま》と帯を見つけて、

「珂さん、それがしは和人の形に戻す。上海人の形に代えたところで一言もこちらの言葉は話せぬのだ」

と言うと、古着に換えて帯に修理亮盛光を手挟《たばさ》み、脇下に二連短筒の革鞘を吊るした。どこの国のものか、上着を重ねると短筒は隠れた。

船問屋で食料、飲み物、煙草《たばこ》、蠟燭《ろうそく》、酒の類に器やグラス類を借り受けて、グレン・スチュワートから預かった財布から古着代と荷船の借り賃を含めて麻衣が支払った。

一行がふたたび黄浦江の左岸側の四川中路に戻ったのは夜の九時を過ぎていた。

荷船の住人はすでに休んでいた。

珂が強引に荷船二艘の間に自分たちの荷船を突っ込ませた。怒鳴り声が他の船から響いたが、珂は無言で強引にもぐいぐいと割り込んだ。

蠟燭を灯すと両側の荷船の主が起きてきて、なにかを叫んだ。

「おまえらは何者だ」

とでも質しているのだろう。珂が買い物のなかから紹興酒《しょうこうしゅ》の壺と煙草を見せて、

「こちらにこないか」

とでも言ったのか。

問答は珂とふたりの荷船の船頭の間で交わされて、ふたりが麻衣と空也のいる板屋根の下に入ってきた。

「こやつら、何者だ」

という眼差しでふたりが麻衣と空也を見た。麻衣が、

「私たち、和人よ」

と土地の言葉で応じた。

「和人だと、なんの用だ」

「上海は用がなければ訪ねてはいけないところなの」

「おお、和人がなにしにきた」

「そうね、大筒《おおづつ》とか短筒を購いにきたの」

しばし沈黙していたふたりのうち髭面《ひげづら》のほうが、

「ナガサキからオランダ船が外灘に停泊しておるぞ」

と言い出した。

「私たちはその船の乗組員よ。それより酒を飲まないの」

と麻衣が紹興酒の栓を抜いた。

珂船頭が煙草をふたりの膝の前に投げた。箱入りの巻煙草だ。

ふたりして箱を掴み、麻衣に注がれた酒を一気に飲んだ。荷船の船頭は、さほど懐具合がよいわけではなさそうだ。

三杯ほど立て続けに飲んだふたりが、ようやくひと息ついて煙草に手を伸ばした。

「ただ酒を飲ましてなんの用だ。曰くがなければ和人がわしら船頭風情に用はなかろう」

「だから上海に大砲と鉄砲を買いにきたと告げたわよ。あんたら、長崎に行ったことある」

ふたりが首を振った。そして、巻煙草に蠟燭の灯りで火を点《つ》けた。

「劉喜撰《りゅうきせん》は、ナガサキに行ったことがあるぞ」

と小太りの荷船の船頭が仲間に言った。

「劉さんはあんたらの仲間なのね」

「ああ、おまえらが船を突っ込んだところに三、四年は止めていたな。あいつ、不意に消えやがったな」

と小太りが呟き、紹興酒の壺から勝手に空の器に注いだ。

髭面はなにも言わなかった。

「おれたちはこの橋下にしばらくいるつもりだ。酒は壺ごと持ってかえれ」

珂がふたりに言った。

空也は、珂が今晩無理をしないで明日か明後日に問いを残しているなと、問答の内容は分からなかったが表情で理解した。

「おお、明日も宴会ありか。おめえらばかりに酒を都合させてわるいな」

と言った髭面と小太りが紹興酒の壺を持って自分たちの船に戻っていった。

「空也さん、説明しなくてもふたりの態度で分かったでしょ」

「ふたりがアンナ嬢の誘拐騒ぎを目撃していたとは言い切れない。だが、この橋下の荷船の住人の何人かは必ずなにかを見ているでしょう」

と空也が応じて、

「私たちの荷船の割り込んだところに劉喜撰なる人物が三、四年もいたにも拘《かか》わらず、つい最近どこぞに引っ越したというわ。この人物など気になるところね」

と空也には理解できなかった問答の一部を麻衣が告げた。

「ほう、その御仁に会いたいな」

「空也さん、焦ってはならねえだね。一日二日、あの髭面と小太りと付き合《お》うてみらんね。そのうちたい、なんかぽろりと吐き出すやろが」

と珂船頭が空也に忠言した。

翌朝、空也たちの荷船の両脇から船の気配が消えていた。身内を乗せて仕事に出かけたのだ。

屋根船の下で寝たはずの麻衣も珂船頭の姿もなかった。

空也は、

（洋式旅籠の部屋にはたったひと晩泊っただけか）

と思い付いて屋根船から木刀を手に橋下に出た。

刻限は五つ、午前八時の頃合いか。

空也は珍しく眠れなかった。ふたりの船頭が自分たちの船に戻ったあと、空也ら三人は遅い夕餉を食した。腹がいっぱいで眠れないことはこれまでなかったが、未明近くまであれこれと考えていたのだろう。ために、こんな時刻まで眠り込んだ。

（なんという武者修行か）

父が聞いたら呆れようか、いや、それは得難い経験をしたというのではなかろうか。それにしても、異国にいる人間が不覚にも眠り込んで仲間が船から出ていくのに気付かないなんて情けないではないかと、己を叱った。

橋下の両脇には幅一間ほどの河岸道があった。

空也はその場所で木刀の素振《すぶ》りを始めた。空也らの借り船を含めて三艘しか泊まってなかった。その船も無人のように思えた。

（麻衣さんと珂さんはどこへ行ったのか）

と思いながらひたすら木刀を振るった。

どれほどの刻が過ぎたか。

監視の眼に気付いた。

木刀は手にしていたが、修理亮盛光も二連短筒も船の中に置いていた。

（とりに戻るか）

一瞬迷ったが素振りを続けた。

河岸道の前後に人影が姿を見せた。

そのとき、空也は堀に向かって木刀を振るっていた。

右手に三人、左側にふたりがいた。

左右から唐人五人が間合いを詰めてきた。飛び道具は携えていないと思えた。

空也から一間ほど間合いを空けて歩みを止めた。

五人はそれぞれ青龍刀や槍を構えて同時に攻めに動こうとした。空也が言葉を話さない和人と承知か、無言のままだ。

空也は素振りを続けつつ、右手に舫われた借り船に向かって飛んだ。河岸道から船縁《ふなべり》まで一間半はあった。

予想もしなかった行動か、罵《のの》り声や舌打ちが橋下に響いた。

次の瞬間、唐人たちはさらに動揺した。

借り船の舳先《へさき》に下りた空也がいきなり体の向きを変えて虚空に飛んだ。空也は五人が得物を構えた河岸道に飛び戻ってきたからだ。

構えた槍や青龍刀を振り回そうとしたが、空也の木刀が躍るのが素早く、五人は次々に叩かれて得物を落として腰砕けに河岸道に転がった。

「そなたらの腕では無駄だな」

空也の和語に口笛が加わった。

五人の唐人たちが慌てて橋下の河岸道から北に向かって逃げ出した。

「蕃族かしら、それにしても手応《てごた》えがないわね」

と麻衣の言葉が聞こえた。

「王黒石が頭分の蕃族一味ではあるまい。蕃族の配下に雇われた無法者だ。こちらの手の内を知るためにな」

と空也が言った。

「朝ごはん、買ってきたわよ。肉まん好きかしら」

と麻衣が尋ねた。

その夜、借り船の宴は昨夜より賑やかになった。新しい荷船の船頭が途中から加わったからだ。むろん朝の間の騒ぎなど船頭たちは知らなかった。

三人目の船頭延李耕《えんりこう》は、ロッテルダム号の荷下ろしに加わっているとかで、空也と麻衣がロッテルダム号の傍らを珂の漕ぐ小舟で過ぎつつ手を振り、ロッテルダム号の水夫たちも手を振り返したのを見ていた。

その上、酒が入り、麻衣と珂東金船頭が話を盛り上げるようにあれこれと話題を提供したのだ。

「あんたら、蘭船を離れてなにをしているんだ。おれはナガサキにいたこともある」

と延李耕が麻衣に質した。

「私たちが長崎からなにを求めてきたか、延さんは承知」

「大砲、火薬、鉄砲が主な買い物と噂されているぞ」

「噂は正しいわ」

「噂が正しければ、なぜこんなところでおれたちと一緒に酒を飲んでいる」

「そこよ。私たちの交易に厄介が生じているの」

麻衣の言葉に延が、

「スコットランドの旦那の娘の話か」

と自分から話を持ち出した。

昨晩酒を飲んだふたりの船頭は黙っていた。

空也はむろん唐人語の話は全く理解つかなかった。だから、問答をする麻衣、珂、そして延の表情を、無関心を装って見ていた。

「武器商人の旦那の娘を誘拐したのは蕃族の王黒石一味だな」

と何杯目かの紹興酒を大きな器で飲み干した延が言った。

ふたりの仲間の船頭に脅《おび》えた表情が見えたのは空也にも判断ついた。

「私たち、王黒石の用心棒頭の和人に用事があるの」

「仲間か」

と昨夜もいた小太りの船頭が麻衣に質した。

「仲間のはずがないわ。和人の剣術家仮屋園某を始末してスチュワート様の娘アンナ嬢を助け出さねば、私たちの交易はできないの。和国にもイギリス国の砲艦や交易船が姿を見せている今、大砲で海防を強めようという幕府にとってもこの交易は大事なのよ。だから長崎の蘭館のオランダ人が交易に加わっているの」

ふーん、というように鼻を鳴らした延が、昨晩からのふたりの仲間を見た。ふたりはなにも知らぬという風に首を横に振った。

「あの騒ぎを見たのは劉だ」

という延の言葉にふたりの仲間が曖昧に頷き、紹興酒の入った茶碗酒《ちゃわんざけ》を飲んだ。

「その劉喜撰に会いたいが、どこにいけば会えるかしら」

麻衣の問いに延が黙り込んだ。承知しているのか知らないのか、麻衣にも同国人の河にも察しがつかなかった。

「噂でもいいわ。話してよ」

麻衣の問いに三人とも黙り込んだ。

だが、空也には昨夜からのふたりと今晩加わった三人目の仲間とには微妙な差があるのを見ていた。

「蕃族に関わる話は命がけだ」

髭面の船頭がこの話は止めたほうがいいと言った。

「ならば他の話題にする」

と麻衣がいい、延李耕が、

「金がかかる」

と話柄を変えることに反対した。

「金は支払う。ただし劉喜撰があの騒ぎを目撃していて、拉致に関わる話を少しでも承知していた場合だな」

「金子はおまえらが払うか」

と延が質した。

「延の言う劉の話が真実ならばこちらが払う。蕃族相手に掛け合うより安全だぞ」

珂東金が言い切った。

空也は五人の顔付きが険しくなったことで、話が核心に近づいたのではないかと推量した。延がいくら払うと麻衣に質したように空也には想像できた。

「イギリス金貨で十枚は払ってもいいわ。だけど、劉喜撰が和人の剣術家仮屋園豪右衛門の居場所を承知のときの話よ」

と麻衣が不意にゆっくりとした和語で言った。アンナの名を出さず仮屋園のことを質した。アンナは必ずや仮屋園の手元にいると麻衣は確信していた。

延李耕の顔色が変わった。なにかを思案している顔だ。

「劉に金貨十枚は安い。劉一家の命にかかわるのだ。二十枚にしてくれぬか」

とふたたび唐人の言葉に変わった。

「あなたと劉喜撰の間柄は親しいの」

「おれと劉は若いころから悪さをしてきた仲間だ。いま劉一家がどこにいるか承知しているのはおれだけだ」

「劉が承知の情報が正しいならば金貨十五枚は出す」

「おれの謝礼はどうなる」

「劉と仲間ならば劉から分け前を貰《もら》いなさい」

麻衣の返答に延がしばし思案した末に頷き、

「二十枚だ。ただし、前渡しで五枚貰う」

延李耕の返事に珂も麻衣も笑った。

険しい顔をしたのは昨日からのふたりの荷船の船頭と、問答が理解つかない空也だけだ。ただし二組の表情は全く違っていた。

「延李耕、そんな話は信用ならない。おれたちもこの一件には命がかかっている」

と珂東金が言い放った。

「ああ、命がかかっているのはお互いだ。これからおれが劉喜撰のところまで案内する。そして、話し合った末におまえらが納得すればその場で払え」

と言った。

麻衣が空也にこれまで交わされた問答を告げた。

話を聞いた空也は、

「この者の話を信じてみましょうか。ただし金子は話が真実と分かったのち、その場で払うと言ってくだされ」

空也の言葉が分かったように延が、

「金貨を持っているな」

と念押しした。

空也が麻衣に頷き、スチュワートから預かった分厚くて重い財布を見せた。その財布を触った延が、いいだろうという風に頷いた。

そんな延に昨晩からのふたりがなにかを言った。むろん自分たちも話に加わらせよという表情だった。

麻衣は財布からメキシコ銀貨を二枚抜くとふたりに一枚ずつ渡した。そして、彼らに分かる唐人語で、

「この話に加わると、命を失うことになるわ。いい、噂話を含めてすべて忘れるの。身内が大事でしょ、荷船暮らしを続けなさい」

と諭した。

借りてきた船から無言のふたりが下りて、四川中路の橋下から珂東金が操船して借り船を出した。

二

黄浦江に出た借り船の艫《とも》から珂東金が延李耕に問うた。

「劉の荷船はどこにおるな」

「淀山湖に向かって漕ぎ上がってくれ」

「なんだと、上海ではないのか」

「朱家角《チユージアジヤオ》だ、和人は朱家角《しゆかかく》としか読めまい」

と和人読みまで延は告げた。

「なんだと、水郷《すいごう》の村まで上がれというか」

「おう、劉はそれほどヤバい騒ぎを見たということよ。やつの故郷は福建《フーチエン》の厦門《アモイ》よ。そんな遠くまで海を荷船で逃げられまい。手近でな、蕃族の知らない土地に一時隠れることにしたのよ」

「この船で四時間はかからぬか」

「その代わり、帰りは二時間もかかるまい」

と珂の問いに延が答えた。

そんな問答を麻衣が空也に通詞してくれた。

「上海の外へ逃れたというわけですか、麻衣さん」

「どうやらそのようね。劉喜撰はアンナ嬢の拉致騒ぎの一部始終を見ていて、ひょっとしたら蕃族の隠れ家まで尾行していったのかもしれないわね」

麻衣の説明に頷いた空也は、

「朱家角なる村は遠いのだな」

「いまうちらが遡っている黄浦江の水源が淀山湖と聞いたやろ。遡上するのに四時間、帰りは二時間というところを見ると五、六里かな」

と珂が答えた。

「珂さん、なぜ劉喜撰一家は朱家角を避難場所に選んだのであろうか」

と空也が珂に尋ねた。

珂と延の問答が長いこと繰り返された。それを聞いていた麻衣が空也に説明してくれた。

「劉のおかみさんの生まれ故郷が朱家角ですって。この村は千五百年もの歴史がある古い町だけど、最近では寂れてほとんど人の往来がない土地だそうよ。劉のおかみさんの故郷がどこか承知なのは、劉一家が上海から逃げるとき、なにかあったら、知らせてほしいと延さんに言い残していったからよ。つまり蕃族にも気をつけねばならないけど、こたびのような儲け話がひょっとしたら転がりこんでくるかもしれないと、劉も延も、ふたりとも考えていたのね。イギリス金貨二十枚といったら荷船の船頭にとってひと財産よ」

と麻衣が言った。

空也は劉がアンナ嬢の拉致されている場所をひょっとしたら承知ではないか、と思った。だが、劉喜撰に会ってみるまで確信は持てないとも考えた。

「珂さん、それがし、船で寝ていってよいか」

「おお、構わんぞ。この船には船頭がふたりもいるのだ。空也さんも麻衣さんも体を休めていきなされ。空也さんが働くのは劉一家に会ったあとだ」

と珂が応じた。

空也と麻衣は夜具を引き出して胴《どう》の間《ま》でごろりと横になった。

「妙な武者修行になったわね」

「五島列島の奈良尾で麻衣さんに会ってからなんとも奇妙な武者修行が始まりました。ただ今も唐人の国で荷船に乗って黄浦江を遡上しています。そういえば、寅吉さんの乗った肥前丸と長崎壱号はどうしておるかな」

「あちらは今ごろは揚子江河口の港町で交易をしているはずよ。私たちのように奇妙な騒ぎに巻き込まれてはいないと思うけど」

と麻衣が答えて、

「眉姫様に土産《みやげ》はなにか思いついた」

と質した。

「麻衣さん、われら、それどころではありません。ひとりの娘の命を助けねばならないのです」

「そうだったわね」

空也はちらりと眉月の面影を浮かべたが、睡魔が先に襲ってきた。

どれほど眠ったか、珂東金の櫓《ろ》さばきが変わったようで空也は目覚めた。

すでに船の外は白んで、珂と延のふたりの船頭がゆったりと一本の櫓を漕いでいた。

船の中には出島で飲んだことのある珈琲の香りが漂っていた。

麻衣が七輪のような火の上に金属製の道具を載せて珈琲を沸かしていた。

「イギリス人は紅茶が好きよね。でも私は朝の目覚めには珈琲よ。空也さんもどう」

「頂戴します。で、朱家角にはもはや到着しましたか」

「町いちばん大きな放生橋を潜るところよ。見てごらんなさい。もっとも朱家角を訪ねるのは私も初めてよ」

空也が屋根の下から舳先に這《は》い出すと五孔《ごこう》の石橋が見えた。一見緩やかな傾斜の橋は真ん中で高くなっており、長さは四十間（七十二メートル）もあった。

河と家並みだったろうが、正直傷み放しの町だった。空也は、
麻衣にいわれて運河の両側の家並みに眼を凝《こ》らした。造られた当初は見事な運河と家並みだったろうが、正直傷み放しの町だった。空也は、

「この町ならば上海の蕃族一味も眼をつけまいな」

「ということね」

空也が珈琲を手に運河の町の橋と古びた白壁に屋根瓦《がわら》の家並みを見ていると、視線の先に湖が見えてきた。

「淀山湖ね。ということは劉さんの女房の実家はこの近くよ」

と麻衣の言うところに劉喜撰の仲間の延李耕が、

「この右側に堀があるはずだ。その先がわれらの目的地だ」

と珈琲を片手に姿を見せて言った。すでに珂東金には説明しているらしく、借り船を幅三間余の堀に入れた。それから半丁もいかぬうちに竹棹《たけざお》を持った男が延に声をかけてきた。劉喜撰らしい。彼は堀に入ってくる船を常に警戒している気配だった。

延が早口の言葉で劉に訪れた曰くを伝えた。すると劉が空也らの船に飛び乗ってきた。

「空也さん、奥方の実家には事情を知られたくないのよ。話すならば劉さんひとりが相手をすると言っているわ」

「相分かった」

と応じた空也が、

「麻衣さん、ここは長崎会所の大姉御の出番ですよ。女衆の麻衣さんのほうが劉さんも話しやすいのではないでしょうか」

と言うと、麻衣が即座に頷いた。

船をまず淀山湖の岸辺に移動させて舫った。借り船の屋根の下に劉喜撰、延李耕、麻衣、そして、空也が向かい合って座った。

麻衣は自分たちの立場をまず告げて、イギリス東インド会社の設立メンバーのグレン・スチュワートの娘アンナの誘拐を承知かと直截に聞いた。

劉は即座には答えず仲間の延を見た。すると延が今度は話し出した。

「礼金の話をしているわ」

その話がひと段落したとき、劉がこの若者は何者かという眼差しで空也を見た。

麻衣がひと頻《しき》り空也の立場を告げ、やがて本論に入ったと空也には思えた。

ふたりの唐人と麻衣だけの長い話になった。

空也はひたすら耐えて待った。

劉が沈思することもあった。当然、蕃族王黒石の力を恐れてのことだろう、と空也は思った。

話し合いは優に半刻、一時間を超えた。

不意に麻衣が空也を見た。

「空也さん、あなたに蕃族一味と太刀打ちできる力があるかと聞いているわ。劉さんは知りたいのですって」

「麻衣さん、それがしにこの朱家角のどこぞで剣術の形を見せろというのですか。それがし、相手の蕃族一味の力を知りません。それがしはそれでもひとりの娘の命を救いたいゆえ、命を張るのです。剣術は見世物ではない」

との空也の言葉を麻衣が劉に通詞した。すると何事か新たな問いが返ってきた。

「イギリス人の娘を承知か、と聞いているわ」

「知りません。十二歳の娘がひと月にわたって拉致されている。その娘がそなたの身内だったら、劉喜撰は命を張っても戦うのではないですか」

麻衣が通詞した。

しばし考えていた劉が空也に向かって質した。

「そなたとその娘とは縁がないのだな」

「ないな」

「金子が目的かと質しているわ」

と麻衣が劉の問いを空也に伝えた。

「ただいまのそれがしには金子の要はない」

「ならばなぜ、と劉は尋ねるわね。だれにとっても金子は大事よ」

と麻衣が劉に代わって問うた。

「それがしには、それがしの命を縁もなきイギリス人たちに助けていただいたという恩義があります。この上海で見ず知らずの娘を助けるという使命が己にはあるのだ、というてくれませぬか」

麻衣の説明は空也の言葉の何倍もの時を要していた。事細かに麻衣は説明して劉の理解を得ようとしていた。

不意に空也が上着を脱ぎ、小袖の襟元を開いて胴から胸への大きな刀傷を劉に見せた。

「うっ」

と劉も延も初めて見る大きな刀傷の痕に呻《うめ》いた。

劉が切迫した声で空也に質した。

「相手がどうなったか、と問うておるのだな。ここにおる麻衣さんがすべてを見ていた。彼女に聞くとよい」

と空也は衿を直しながら両眼を閉じた。

麻衣が薩摩剣法の達人一家と空也が幾たびも命をかけて戦ってきた経緯を告げていた。最後に戦ったのが酒匂家の嫡男の跡継ぎであったこと、長崎の唐人寺崇福寺で戦いが行われたことをも伝えていると、話の様子から空也は思った。

劉が麻衣に念押しするように相手のことを質した。

「戦った相手の酒匂太郎兵衛は空也に首を斬られて即死したわ。同時に空也も見てのとおりの刀傷で瀕死の傷を負った。その場にいた私たちが出島の蘭館に運んで、オランダ人の医師や、その後、上海から呼んだイギリス人のカートライト博士の治療を受けたの。傷は治ったけど、空也の意識は二月《ふたつき》も戻らなかった」

と蘇生した経緯を縷々《るる》説明した。

話を聞いた劉が最後に沈思し、

「おれだけが上海に戻る」

と麻衣に答えた。さらに、

「延とおまえたちが約束した金子の二十金貨だが、朱家角を出る折りに私の身内に払ってくれぬか、わしが殺されても女房と子にはなにがしかの金子は残してやりたいのだ。子供がまだ幼いし、女房の家は裕福ではない」

と空也の顔を見ながら正直に麻衣に告げた。

この話を通詞した麻衣が、どうする、と言った表情で空也を見た。

「劉さんが蕃族に捉われたアンナ嬢の拉致騒ぎをなにか承知だと信じたい。麻衣さん、スチュワート氏から預かった金子は、娘のためなら惜しげなく使えとそれがしに財布ごと渡されたものでしょう。どうです、二十金を劉一家に、五金を案内人の延さんに支払っては」

と空也が提案した。

和語が少し分かる延がにっこりとした。

「いいわ、このふたりに賭けてみましょう」

と麻衣が空也にいい、そう唐人の言葉でふたりに告げた。

大きく頷いた劉が延になにかを命じた。女房の家に戻れと告げたと思われた。

珂東金が淀山湖の岸辺から元の堀へと借り船を戻した。

その間に麻衣がスチュワートの財布から二十金と五金に分けた紙包みを造り、

ふたりに渡した。

「謝々《シエイシエイ》」

と礼を述べた劉が二十金の包みを受け取って船を下りた。


一時間後、珂の借り船と劉の荷船の二艘になった一行は、黄浦江を上海に向かって下っていた。空也と麻衣は劉喜撰の漕ぐ船に乗った。この船は劉の持ち船ではなくやはり借り船だという。

「麻衣さん、劉さんは未だ蕃族一味がアンナ嬢を襲った場を目撃していたかどうか事細かに喋っていませんね」

「蕃族一味は二丁櫓の速船でアンナ嬢の乗る舟を襲った。その折り、七人は弩を携えてアンナ嬢の護衛を殺したと言ったのよ。劉はその日、偶《たま》さか仕事がなくこの船に一家と残っていたが、騒ぎがなにか気付いて船のなかにじいっと潜んでいたと答えたのよ。これで目撃したといえるかどうか」

「劉さんはイギリス金貨二十枚を受け取っています。そのうえ、上海にわれらと戻るということは二十金に値する話を未だしていないということだと思いませんか、麻衣さん」

「そうね、そうとも考えられる。あるいは」

と言いかけた麻衣が、

「空也さんは、そのことを聞こうとして劉喜撰の船に同乗したのでしょ」

「そういうことです。麻衣さん、そなたの腕次第ですよ」

と空也がこちらを見ながら櫓を漕ぐ劉を見た。そして、麻衣は三人だけで念押しの話がしたいと告げた。そのことをふたりが自分の船に乗るといったときから覚悟していた劉が頷き、言った。

「あの二十金があればこの借り船程度の船を買うことができるそうよ」

「そうか、二十金は身内のために船を買おうと考えたか」

と空也が言い、劉に分かったという風に頷き返した。

櫓を漕ぎながら珂東金の船のあとに従う劉は、しばし黄浦江の下流の上海の方角を見ながら話し出した。だが、話は短かった。

「蕃族一味は黒装束に三角の黒頭巾《ずきん》をかぶっていた、それが王黒石の配下の装束だそうよ。弩が放たれて短矢がアンナ嬢の警護方を射殺したのは一瞬だった」

「ということは七人の蕃族一味の正体は分からぬのかな」

空也の問いを麻衣が訳して問うた。

首が横に振られた。そして、劉喜撰が戸惑うことなく話し出した。

「アンナ嬢を自分たちの早船に抱え込んだとき、蕃族一味のひとりの黒頭巾が脱げかけて一瞬顔が見えた。その顔は劉さんの知り合いだったの」

「なんと、知り合いというか」

空也の驚きに劉がそうだ、という風に頷いた。

「知り合いを見たのはこの船のなかからだな」

と空也が板屋根の下を差した。頷いた劉が苫葺《とまぶ》きの間から外が覗けるといった風にその格好をしてみせた。そして、

「何年も一緒に働いた船頭仲間の莞路《かんろ》全《ぜん》ゆえ見間違えることはない」

と言い切った。

「莞路全は劉さんの船が橋下にあるのに気付かなかったのだろうか」

空也が劉に質した。

麻衣が空也の疑問を質した。

「気付いていたそうよ。弩を構えた莞が河岸道に飛び上がって劉さんの船に押し入ろうとしたとき、イギリス東インド会社の設立委員会が所有する船が騒ぎに気付いてマスケット銃を構えて急接近してきたの。だから、莞らは急ぎ船に戻り、

逃げ出したそうよ」

「そのことを劉さんはイギリス東インド会社の船の連中に告げなかったのだろうか」

「劉さん方は蕃族一味も怖いけどイギリス東インド会社の面々も危険だといっているわ。だから、船のなかで身内と身を寄せ合ってじいっとしていたそうよ。そして、だれもいなくなった隙《すき》に劉さんは女房と話して、朱家角に逃げることにしたの」

麻衣の通詞で聞いた劉の話を、空也はしばらく考えて整理した。

「劉さん、莞路全の居場所が分かるかな」

「実家も知っていれば、莞の情婦の居場所も承知だといっているけど」

「朱家角の家はどうだ。莞は知らぬのか」

麻衣の通詞にたりと笑った劉が、

「莞路全を一瞬でも信頼したことはない。奴《やつ》が承知なのはこの借り船だけだ」

と答えた。

「劉喜撰さんは賢いな」

と空也が褒めて、その言葉を麻衣が訳して劉に伝えた。

「謝々」

と礼を述べた劉に空也が問うた。

「劉さん、いま一つ聞きたいことがある。蕃族一味に和人の侍が加わっていると聞いたが、そのことについてなにか知らぬか」

「噂は船頭仲間からいくらも聞いた。だが、だれひとりとして見た者はいない。噂では太い木刀を軽く振り回して撲殺するそうな。和人にしては体が大きいそうな」

と言った劉が空也を見て麻衣になにか言った。

「空也も和人にしては大きいなと言っているわ」

「謝々、でいいのかな」

と合掌して空也が劉に言った。

空也と麻衣と三人だけになって劉は、ふたりの男女を信頼する気になったか、笑みの顔を見せるようになった。

「上海に戻ったら、どうすると聞いているわ」

「莞路全の情婦はどこにおるかな」

「虹口《ホンキユウ》市場の前の酒家だそうよ」

「いまもおろうか」

空也の念押しに麻衣が劉に問うた。

「その酒家は莞の金で情婦の林桂《りんけい》がやっているそうよ。ふたりが別れることはないといっているわ」

「となれば、まずその酒家を訪ねようか。一刻《いっこく》も早く娘を助けたいでな」

と空也が言い、劉が頷いた。


上海に戻った空也と麻衣は、劉喜撰を伴い、ロッテルダム号に劉の借り船を横付けした。するとロッテルダム号の傍らに長崎会所の肥前丸と長崎壱号の二隻が止まっていた。わずか数日、別行動をしただけだが、鵜飼寅吉が興奮の体《てい》で、

「おい、麻衣さん、高すっぽ、長江が川ということを承知か。川の長さがなんと千何百里もあるというのを承知か」

「寅吉さん、その話は揚子江河口で麻衣さんから聞きましたよ。寅吉さん方は長江の水源まで訪ねましたか」

「高すっぽ、たった数日で水源まで行けるものか。なんという河港かのう、大きな集落で荷下ろしして絹糸を大量に購い、船倉に積み込んだだけよ」

「上海に上陸しましたか」

「未だ許されておらん」

と寅吉が残念そうに言って、

「そなたらといっしょに行動できぬか」

「そうですね。今晩仕事があるかもしれません。ロッテルダム号に訪ねてきませんか」

と空也が言うと、

「よし、おりゃ、そなたらに鞍替《くらが》えした」

「その代わり、命を落とすことになるかもしれませんよ」

「よかよか、命の一つやふたつ、唐人にくれてやろうたい」

と寅吉が空也の言葉を冗談と感じたように軽口で応じた。

三

アヘン戦争（一八四〇～四二）後の南京《なんきん》条約により五つの港湾都市の開港が中国に決められた。そのなかに上海が入っていた。

一八四五年にイギリスが、続いてフランスらが租界《そかい》を設定、日本は一八九六年に上海の共同租界に他国とともに入ることになる。そして、この虹口に日本人が多く住むことになった。むろんこの話のおよそ一世紀後のことだ。

物語に戻ろう。

借り船を返した空也はふたたび上海人の形に扮《ふん》していた。ロッテルダム号の小舟に空也、麻衣、劉、延、それに寅吉の五人で乗り、黄浦江の左岸から出る堀に小舟を入れた。およそ合流部から五、六丁の虹口の船着場の一つに小舟を止めた。

延李耕はこの企てに関心を抱いたか、最後までいっしょにいると言った。

劉喜撰と麻衣のふたりが小舟を下りて、虹口の市場前の林桂が営むという酒家を訪ねることにした。むろん空也と寅吉、延の三人も別行動でふたりのあとを追った。

その他に長崎からきた三隻の交易船団から、武力に秀でて上海の地理に詳しい面々が十人ほどアンナ嬢奪還部隊を形成し、別行動で密かに従っていた。

麻衣と劉が間口三間ほどの酒家に入ると、数人の市場で働く奉公人と思しき男たちが酒を飲んでいた。長崎の唐人街の酒家に似ているので麻衣には馴染みだったが、この酒家は臭《にお》いもきつく、強くて安い酒を売っていた。

麻衣は上海人の女衆の形をしていた。

客の気配に長い卓の向こうにいる女がふたりを見て、劉の姿に驚きの表情を見せた。

劉は挨拶もなしに、

「莞路全に会いたい」

と言った。

莞の情婦はしばらく無言でふたりを見ていたが、

「どんな用事か」

と劉に質した。

「わしの用事というより莞路全のほうがわしに会いたかろうと思うてな。不在かな、ならばまた出直すが」

「私は莞路全がどこにいるか知らん」

と情婦がしらばくれた。

「それならそれでよい。明日のこの刻限に戻ってくる」

と言い残した劉と一言も言葉を発しなかった麻衣が酒家の表に出て船着場に戻った。

空也と鵜飼寅吉は、酒家の出入口は表しかないことを調べていた。

奇妙な市場のなかから林桂の酒家を見張っていた。売り子も客もまるで祭のような派手な色彩の仮面をつけていた。動物の仮面もあれば、架空の生き物の顔もあった。市場の入口で仮面を売る者がいた。祭礼なのか、この市場の特異な習わしなのか、麻衣にも空也にも寅吉にも理解がつかなかった。劉が、

「この市場を祭市場とか仮面市場とこの界隈は呼びますと。客が仮面をかぶってくると値段が安くなるのです」

と麻衣に説明した。

「世の中には妙なことがあるな」

と寅吉が感心した。

いったん麻衣と劉が立ち去ったあと、林桂が足早に表に姿を見せて、辺りを見回して市場に入って行き、酒家を出たときから手にしていた鼠《ねずみ》の仮面を顔につけた。

そのあとを上海人の物売りに扮した鵜飼寅吉が従い、さらに一見上海人の遊び人に扮した空也がつけていく。どこで買い求めたか、ふたりして虎と猿の仮面をつけていた。

上海で和人のふたりが紛れやすいのは、住人の数が多く、荷車や人力車や徒歩の男女が多いからだ。その上、仮面をかぶったら何人か区別がつかないだろう。

虹口の市場を抜け、林桂の酒家とは反対側に出ると、がらんとした工場の敷地が広がっていたが、情婦の林桂は工場の入口付近で商いをする酒家の外階段を上がっていった。

「ありゃ、ビリヤード場じゃな」

と寅吉が背後も見ずに空也に告げた。

「おお、玉つきでござるな」

と空也も小声で応じた。

出島で見たことのあるビリヤードの絵の看板があったからだ。

ふたりが賑わう市場からビリヤード場を見ていると、豹《ひょう》の仮面を額につけた男と林桂が外階段を下りてきて、その場で別れた。

林桂は市場の人込みに向かってきた。どうやら自分の酒家に戻る気配だ。

豹の仮面を額に上げていた男は林桂を見送って、額の仮面で顔を隠した。

いつの間に現れたか、麻衣の声が空也の傍らからした。

「あの男が莞路全だそうよ」

空也が振り返ると、劉喜撰も麻衣も仮面をつけていた。

「あの工場はなんであろうか」

空也の問いを麻衣が劉に通詞し、劉が応じた。

「数年前まで木造の荷船などを造っていた工場だそうよ。イギリス人たちが上海に入り込んできて潰れたんですって」

「造船場の跡か」

ということは、虹口の堀に面しているのだろうと空也は考えた。

豹の仮面の莞路全はしばらくビリヤード場の階段下に立っていたが、不意に潰れた造船場に向かって足早に歩き出した。

「造船場に蕃族王黒石の隠れ家か一味の塒があるようだな」

空也の言葉に、麻衣と劉喜撰が相談し、

「劉もありうると言っているわ」

「麻衣さん、造船場は堀に接しているはずだ。そちらに別働隊の船を回す手配をしてくれませんか。われらは間をおいて造船場に忍び込みます」

と空也が言った。

延李耕が姿を消し、空也、麻衣、寅吉に劉喜撰の四人がこの場に残った。

「長崎奉行所の密偵どのは短筒が使えましょうか」

空也が寅吉に尋ねた。

「命中するかどうかは知らんばってん、撃つことはできる。わしの腕前はすでに島めぐりで承知しとろうもん」

と長崎弁で応じた。

空也は左の脇下に吊った二連短筒の革鞘を外すと、寅吉に渡した。

「それがし、短筒も鉄砲もいま一つ肌に合いません。武者修行中は剣ひと筋にかけてみようと思います。飛び道具の扱いは長崎会所の姉様と長崎奉行所の密偵どのに頼みましょう」

と言った空也は、修理亮盛光を柄《つか》の部分だけ布を外して腰帯に差した。

「よし、鬼が出るか、蛇が出るか、造船場の跡地に忍び込みますか」

空也の言葉で四人は莞路全が入り込んだ造船場に近づいていった。

「まさか五島列島の続きを唐人の国でもやろうとは思わんやったと」

と寅吉がぽつんと洩らした。

造船場の跡地にはぼうぼうと草木が生えていた。そして、そんな敷地に壊れた船の残骸《ざんがい》が何艘も積まれていた。

空也たちは勘を頼りに莞路全が潜り込んだ建物へと忍び寄った。

言い合うような声が聞こえた。すると、黒装束に黒頭巾をかぶった蕃族一味と思えるふたりが銃剣を装着した鉄砲を手に建物から出てきた。

仮面をつけた麻衣がふたりに平然と歩み寄っていった。

相手は手にしていた鉄砲を麻衣に突き付けた。女と思ったたか、警戒した様子は見られなかった。

麻衣が上海訛りの唐人語で、

「うちの亭主の莞路全の忘れものよ」

と話しかけた。

その隙に、空也が放置されたぼろ船の陰を伝ってふたりの蕃族に接近すると、気配を感じたのか、空也のほうを見た。すでに腰から抜いていた修理亮盛光の柄《つか》頭《がしら》で空也は蕃族ふたりの顎の下を次々に突いた。

一瞬の早業が決まった。

鉄砲を持ったまま倒れ込んだふたりの黒装束を空也と麻衣が剝《は》ぎ取り、

「黒装束に着かえなされ」

とひと組を寅吉に投げて、空也はもうひと組を着て、刀を差し、仮面を黒頭巾に取り換えて銃剣付の鉄砲を手にした。

寅吉も空也に見倣った。

「空也さん、ひょっとしたらひょっとするわよ」

「どういうことです、会所の姉御どの」

「アンナ・スチュワート嬢がこの造船場のどこかに拉致されているかもしれないということよ」

「ほう、朱家角まで遠出していった甲斐《かい》がありましたか」

「そうあることを祈りましょう」

と麻衣が言った。

四人は半ば壊れた建物へと入っていった。すると、建物の一角に灯りが灯されていたが蕃族はひとりとしていなかった。不意に地下から足音がして、莞と蕃族の巨漢が左肩に娘を軽々と抱えて上がってきた。劉の登場に警戒したか、金髪の娘を他の場所に移そうとしていると空也らは思った。

黒装束の空也が平然と近づき、うむ、と訝しむ相手の右の首筋を銃剣付鉄砲の台尻で殴りつけた。

うっ

と巨漢が呻いて立ち竦んだ。

空也が鉄砲を捨てると肩に抱かれた少女を奪い取り、靴を履いた足先で巨漢の股間を蹴り上げた。

どさりと巨漢が倒れる前に空也は、少女を麻衣に渡した。

動きに邪魔の頭巾をはぎ取った空也は、修理亮盛光を抜くと峰《みね》に返して、茫然自失している莞路全との間合いを詰めて峰打ちをひと息に決めた。

寅吉が銃剣付鉄砲で地下に向かって発砲した。地下からも銃声が響いた。劉喜撰も空也が捨てた鉄砲を摑んで射撃に加わったがすぐに弾を撃ち尽くした。

弾がなくなった寅吉は二連短筒まで使って応戦した。

鵜飼寅吉ひとりと蕃族一味の射撃戦がしばらく続き、

「うっ、短筒の弾ものうなったばい、どうもこうもならん、高すっぽ」

と空也に助けを求めた。

「だから、鉄砲は好かんと。寅吉どん、なんとか頑張んない」

と空也も思わず長崎弁もどきの言葉で応じていた。

「多勢に無勢、娘はどげんな、拐かされた娘さんな」

と寅吉が銃弾の入ってない銃剣付鉄砲一挺を拾い上げて地下に投げた。

蕃族一味が態勢を立て直してきた。

「麻衣さん、その娘がアンナさんですか」

と空也が質した。

「どうやらそのようね」

「よし、引き揚げましょう」

と空也が言ったとき、鉄砲を構えた一団がさらに建物のなかに飛び込んできた。

そして、空也らに発砲しようとした。黒装束に着かえていたので蕃族の一味と間違われていたのだ。

素顔の空也が、

「待て、待ってくれ。われら、長崎から一緒にきた交易船団の者じゃ」

と叫び返すと、

「おお、坂崎空也さんか」

と別働隊の頭分、長崎会所の須所藤五郎《すしょとうごろう》が応じた。そして、そのなかに延李耕の姿もあった。

「おお、須所さんでしたな。地下に蕃族一味の残党がおるのだ。われらが逃げる間、なんとか応戦してくれませせぬか」

と願うと、

「畏《かしこ》まった」

と長崎会所の者と思える者が応じて、地下への階段に駆け付けてきた。

「麻衣さん、わしらの船が堀に舫ってあると。その娘さんが拉致されたアンナさんな」

「藤五郎、そのようよ。私たち、船で待っているわよ。適当にあしらってあなた方も船に戻ってきなされ」

と長崎会所の女首領の麻衣が命じた。

麻衣がアンナ嬢と思しき娘を抱え、空也が茫路全の体を引きずって建物の裏手に出ると、堀に交易船団の別働隊の船が灯りを灯して止まっていた。

「よし、麻衣さん、その娘を連れてイギリス東インド会社に戻ってください」

そこへ別働隊の面々の須所たちが走り戻ってきた。

「あやつら、地下通路からどこぞに逃げおりました」

と麻衣に報告した。

その須所に頷いた麻衣が、

「空也さんはどうするの」

と質した。

「それがしと寅吉さんは、この場に残ります。未だ蕃族一味の王黒石も和人の用心棒仮屋園豪右衛門も捕まえておりませぬ。それがし、莞路全に問いただして、できることならばふたりを捕まえたい」

「お、おい、高すっぽ、おいとあんたのふたりで蕃族の頭分と薩摩の用心棒を相手するとな、そりゃ無茶と違うな」

と寅吉が悲鳴を上げた。

「寅吉さん、私も劉喜撰さんもきっと行動をともにするわ。アンナ嬢は別働隊に任せればもはや安全よ」

と言い出し、

「この際だ。なんとか隠れ家くらい突き止めておきたいでな」

と空也が応じて、二手に分かれることになった。

アンナ嬢と思える娘はぐったりとして口を利く元気もないようだった。

「ともかく、娘さんをカートライト博士に一刻も早く診せてね」

麻衣が交易船団の別働隊に娘の身を預けて、船が黄浦江に向かって漕ぎ出されるのを残留組四人は見送った。

「さあて、どうしたものかな」

寅吉が足元に転がる莞路全を見た。

「まずはこやつの気を取り戻しますか」

空也が莞の上体を起こすと背中に膝小僧で活《かつ》を入れた。

「ううーん」

と言いながら莞路全が意識を取り戻して、辺りを見回した。

「莞路全、わしじゃ、劉喜撰じゃ」

「おお、劉か、なにをしておる」

「こちらが聞きたい問いじゃな。そなたがまさか蕃族の王黒石一味とはな」

「違う、違う。この界隈に林桂の酒家があろうが。わしは、あやつらが飲み食いするツケを取り立てにきただけだ」

と思い付きを言い放ち、

「嘘《うそ》をいうならばもっと上手な虚言を弄せ」

と劉が言い返した。

「そなた、数年前までわしと同じ荷船の船頭であったな。船を借りてどれだけ稼ぎができるか、わしが十二分に承知だ。そなたの情婦、林桂は金には小うるさい女子じゃな。そんな林桂に酒家を買い与えた。あれはどこから出た金子か」

「あれはわしのものとは関わりない。林桂は友達から借りておるのだ」

「それも虚言だな。わしらがそのようなことを知らずに虹口にやってくると思うてか。イギリス東インド会社の連中が林桂の名義と調べあげてのことよ」

と劉が言い放った。

麻衣は、劉が莞の虚言にはったりで応じているなと思った。

空也は問答を理解せずともこの場は劉に任せようとしていた。そんな言葉の勢いが劉には見られた。

「莞路全、そなたが四川中路の堀端でアンナ嬢を誘拐した折り、弩で少なくともひとりの警護方を殺すのをわしは見た。蕃族は黒装束、三角の黒頭巾で一応身を隠しているつもりだろうが、あの折り、おまえは弩を放ったあと、三角の頭巾を弩に引っかけて一瞬顔を光に晒《さら》したのを忘れたか。わしはあの瞬間を見ておったのだ。そして、おまえが船頭を辞めて蕃族の仲間に入ったことを悟った。おまえとてわしの船が橋下に停泊しているのを見て、一瞬、荷船にわしと一家がいるのではないかと考えたろう。だが、アンナ嬢を引っさらったのだ。蕃族一味の頭分が早々にあの場を立ち去ることを命じたな。イギリス東インド会社の警備兵も騒ぎを聞きつけて駆け付けていたしな」

劉の言葉に、莞はもはやなんの反論もできなかった。

「わしと一家があの橋下に住まいしておれば、そなたが殺しにくることは分かっていた。ゆえにわしはそなたらが立ち去ったあと、即刻上海を逃げて、そなたの知らぬ土地で暮らしていたのだ」

莞は、なんということかという顔して劉を見た。

「そんなわしら一家の逃げた先を王黒石一味より先にここにおる和人たちが見つけ出した。わしはそのとき、蕃族一味がこの世からいなくならないかぎり、わしと一家の安全はないと悟ったのだ。そして、ナガサキからきた連中を信頼しようと思ったのだ。分かったか、莞路全」

話は決した。

劉がこの先はそなたらに任せるという風に目顔で麻衣を見た。

「莞路全、蕃族の首領は何者なの、どこに住んでおるの。そこまで私たちを案内することがあなたの助かるただ一つの道よ」

麻衣の言葉を莞は即座に、

「わしは王黒石が何者か、どこに住んでおるかなど知らぬ」

と否定した。

「莞、よく聞きなさい。劉さんはあなたが人を殺した現場を見ているのよ。そして、拉致されていたアンナ嬢も取り返された。あなたの蕃族一味のなかでの立場はいよいよ不味《まず》いわね。すでに私どもの仲間が林桂の身柄を押さえているわ。アンナ嬢がこのひと月、どんなところに捉われていたか。林桂にはその檻《おり》に代わって入ってもらうわ。私たちはあなたに頼らなくともいいのよ。もしもあの酒家を情婦といっしょにやり続けたいのならば、蕃族一味を根絶やしにするしかないわ。それとも林桂といっしょに檻にいれようか、今晩にも王黒石の仲間が始末にくるわね」

と麻衣も劉のはったりを真似て、莞路全を脅した。

もはや莞は反論する言葉を持たず、

「わしらを助けてくれ。蕃族一味の頭分王黒石の屋敷に連れていく」

と言った。

四

なんと蕃族一味の首領の屋敷は、呉淞江・蘇州河が黄浦江に合流する河口の広大な敷地にあった。外灘の北端、のちの黄浦公園に接した屋敷地で、後年イギリス領事館が建設されることになる史実に鑑《かんが》みても一等地といってよい。つまり、拉致されたアンナ・スチュワートの屋敷とさほど離れていない場所だった。

まず、荷船から見上げた広大な敷地に驚愕したのは、蕃族の黒装束に身を包んだ劉喜撰だ。

「おい、莞、わしらをまだ騙《だま》すつもりか。ここは紅毛人たちが土地を買い占めているところや。わしら清国人が立ち入ることができん場所やぞ」

「おお、間違いない。もっともおれも敷地に入ったことはない。ゆえに王黒石がどんな顔をしているか知らん」

と莞が反論し、

「ここが蕃族一味の首領の屋敷なんだよ」

と言い募った。

劉と麻衣が顔を見合わせた。そして、唐人の言葉が分からぬ空也や寅吉に莞の主張を告げた。

「だれの土地かも知らないの」

と麻衣が問い質した。

「なんでも南蛮人の持ち物ときいたことがある。じゃが、蕃族一味の大半のわしら下っ端は、それが真《まこと》か偽の話か知らぬ。この屋敷に入れるのは蕃族の幹部数人だけだ」

と莞が答え、麻衣が空也と寅吉に通詞した。

紅毛人とはオランダ人たちを差し、南蛮人とはポルトガルやイスパニア人だ。和国においても平戸にポルトガル人が交易の拠点を構えていたが、平戸から長崎に交易地を移され、数年後にはオランダ人へと代わられて人工島・出島に紅毛人の住む蘭館が設けられた経緯があった。

長崎を追われた南蛮人が、唐人の国、清国の上海に新たに商いの地を見つけようとしているのか。

「どうしたらいいと思う」

と麻衣が空也に質した。

「曖昧な話をイギリス東インド会社の連中に伝えられません。われら数人で密かに敷地に入り込み、真偽を確かめてイギリス人に伝えるべきではないですか」

「空也さん、一応この敷地についてイギリス東インド会社の設立委員会に助船頭を走らせて告げたほうがいいわ。なにしろスチュワート家の屋敷の近くというじゃない。橋を渡れば外灘よ。助船頭に徒歩で知らせに行かせるのよ」

と麻衣が空也の意見に付け加えた。

麻衣の言葉に空也と寅吉は賛意を示したが、莞路全は反対した。恐怖の顔で激しく首を振り、

「わしと分かればどちらからも命を狙われて殺される」

と脅えた顔を見せた。

「イギリス側はわれらが話をつけよう。ただ今の状況をなんとかするのが先だ。われらは黒装束に黒頭巾だぞ。一味と思われよう。和人の麻衣さんと寅吉さんを捕まえた体で入り込もうではないか」

と空也が言った。

「よし、それでいこう」

と寅吉が賛意を示した。

まずこの屋敷について助船頭に知らせに行かせた。

「この敷地に出入りできる秘密の水路があるはずよ。それはどこ。この呉淞江の一角にあるの」

麻衣が問うと、莞が頷き、なんと黄浦江の河口に架かる鉄橋の下を差した。

「驚いたな」

と寅吉が応じて、

「わしの得物は高すっぽがくれた空の二連短筒だけだぞ。なによりたった五人、いや、莞は敵方や、四人でどうする」

とぼやいた。

「寅吉さんは懐に匕首《あいくち》のような刃物を隠し持っていませんでしたか」

「おまえさんと出会った小間物売りの折りか。ありゃ、匕首というより万能包丁でな。果実の皮も剝《む》ければ、かような綱も切れる。その程度の小刀でな。得物にはならん」

「いまも持っていますか」

おお、と言った寅吉が使い込んだ木製の鞘の刃物を見せた。

「それがしに貸してください」

「二連短筒のほうがいいと違うか」

「いえ、飛び道具はそれがしには合いません」

と寅吉から刃物を受け取り、黒装束の下の帯に挟んだ盛光の傍らに差した。荷船にあった綱で麻衣と寅吉を縛った風を装い、空也は船にあった武骨な棒を木刀代わりに手にした。

「よし、参ろうか」

荷船を劉が漕ぎ、舳先に立った莞が橋下に垂れた鉄鎖を引っ張った。すると石垣の一角の鉄扉が開いた。蕃族の所有船と思ったか、意外に容易く水路のなかへと入り込んだ。

だが、弩をそれぞれ持った見張りがふたり、短矢を突き付けて莞になにかを質した。

莞が応じて麻衣と寅吉を差した。

荷船に蕃族一味が下りてきて、麻衣と寅吉の綱を摑もうとした。

そのとき、黒装束に黒頭巾の空也が動いて、棒で殴りつけるとあっさりとふたりの見張りを倒した。

「寅吉さんもこのふたりの黒装束に着かえたら」

と麻衣が命じて黒装束に着かえた寅吉は弩を手にした。捕囚の身から蕃族の一味にふたたび寅吉も扮することになった。なんとも忙しい一日だった。

「麻衣さんひとりがアンナさんに代わって拉致されたか」

「アンナ嬢が奪い返されていることがすでに王黒石に知られていると厄介ね」

「造船場の一味がわれらより早く報告したとも思えません。それより助船頭がわれらの頼みです」

と空也が願望を口にし、

「ともかく、王黒石なる人物が南蛮人かどうか知るのが先決よ」

と麻衣が答えた。

劉は蕃族の見張りから奪った弩を構え、空也と莞が麻衣を従えて水路の船着場から石段を上がると、そこには手入れの行き届いた広大な敷地が広がり、ガス灯に浮かぶ三階建ての南蛮風の豪奢な建物があった。

一同はしばし言葉を失った。

(これが蕃族王黒石の住処《すみか》なのか)

だれもが眼前の光景を疑った。

「ほんとうにここなの」

と麻衣が疑心暗鬼の言葉を口にした。

莞路全も初めて見る屋敷に茫然としていた。

そのとき、屋敷から数人の黒装束黒頭巾の蕃族幹部が短筒や弩を手に姿を見せ、ひとりが偽蕃族の空也らに質した。

弩を手にした劉が麻衣を差しながら説明しようとした。

そのとき、莞が頭巾をはぎ取ると、劉らを差しながら何事か告げた。

空也は自分の身の安全を図るために咄嗟に翻意した莞路全が空也らの正体を一味に告げたと推量した。

しばし沈黙があった。

蕃族幹部のひとりがゆっくりと空也らに歩み寄り、背中に隠し持っていた奇妙な筒をつけた短筒を突き出して、一味を裏切った莞の額に狙いをつけると撃ち抜いた。奇妙なことに微かにしか銃声が響かなかった。

「空也さん、銃声を減ずる消音器だと思うわ」

と麻衣が言った。

「畜生」

寅吉はいきなり莞が殺された残虐な行為に怒り、空の二連短筒を出そうとした。それを制した空也が消音銃の主に突進すると、棒で殴りつけた。

「麻衣さん、この屋敷が蕃族の頭分の住処とすでにイギリス東インド会社の面々が承知だと告げてくだされ」

と通詞を願った。

麻衣の言葉は蕃族の幹部連を驚愕させた。

イギリス東インド会社は砲艦など軍備を備えた組織、いや、イギリス国家そのものだった。いくら蕃族一味といえども太刀打ちできない。

そのとき、屋敷のなかから優に六尺は越えたふたりが姿を見せた。ふたりとも私服に素顔だった。

ひとり目の巨漢は初老の南蛮人に思えた。もうひとりは鍛え上げた体付きで薩《さつ》摩絣《まがすり》の腰に薩摩拵えの刀を帯びて、鉾を手にしていた。ふたりのその背後に、弩や短弓を構えた二十数人の部下を従えていた。こちらは黒装束に三角の黒頭巾だ。

空也たちが考える以上に蕃族は組織の規模が大きかった。

（まずい）

と空也は思った。

そのとき、麻衣が告げた。

「私、あなたを承知よ。ポルトガル人のフェルナン・デ・ソーザ侯爵と私たちに名乗ったはずよ。そう、七、八年前の出島の宴の場でね」

麻衣の指摘に相手が一瞬驚きの顔を見せて、

「ナガサキ会所の女子だったな」

と自分が麻衣の言った人物であることを認めた。

空也はもうひとりの素顔の男に注目していた。この人物が和人「仮屋園豪右衛門」と一瞬思ったが、これまで出会った薩摩人とは雰囲気が違っていた。

「そなた、薩摩人ではなかろう。高麗人と見た」

空也の問いに、和語が分かるのか、男が声もなく笑った。

高麗人の剣術家李智幹・遜督父子が醸《かも》し出す雰囲気と似ていた。ただし剣術ひと筋の李父子とは違い、「仮屋園某」には邪念があると空也は思った。

「おまえは何者だ」

訛りの強い和語で質した。

「それがし、西国を武者修行中の者にござる。いささかの事情があってな、上海に参ることになった。そなたらが拉致したアンナ嬢はすでにわれらが助け出した。この屋敷にイギリス東インド会社の警護兵が押し掛けるぞ。どうだ、それがしと尋常勝負をする気はないか」

多勢に無勢、ともかく時を稼ぐことだと空也は思った。イギリス東インド会社の設立委員会の面々が姿を見せるまでの余裕が欲しかったのだ。

空也の挑戦を受けた「仮屋園豪右衛門」は、蕃族の首領ソーザ侯爵と早口のポルトガル語で話し合った。

アンナを奪い返されたことを知ったソーザ侯爵が怒りの声を発し、高麗人の剣術家と思しき長身の剣客が鉾を手に庭に飛び降りてきた。

「上海の地で命を失うがよいか」

長柄《ながえ》の鉾を軽々と振りかざすと、いきなり空也に斬りかかってきた。想像した以上に迅速果敢な攻めだった。棒で鉾を弾いた空也は、李遜督と同じ年格好と見て、

「そなた、高麗人の剣術家李遜督を承知ではないか」

と質してみた。

予想もかけない問いに、「仮屋園某」の二の手が止まった。

「そのほう、李遜督を承知か」

「おお、父親の李智幹どのとも刀を交えたでな。父子を承知だ。倅の遜督どのはそれがしの武術の師匠である」

「なに、智幹様と遜督の父子を承知というか」

と念押しした仮屋園が、

「智幹様との勝負はいかに」

「それがしが生きてこの上海にあることを考えよ」

しばし間を置いた「仮屋園某」が、

「許せぬ」

と応じて鉾を構え直した。そして、蕃族一味に何事か告げた。どうやら空也の企みに乗って、一対一の勝負と告げたようだ。

空也も棒で正眼においた。

幼いころから習い覚えた、直心影流の正眼の構えだ。

「どうだ、仮屋園豪右衛門などという偽名でかの地に行きたくはあるまい。お互い、本名を名乗らぬか。それがしは坂崎空也と申す」

しばし間があって、

「長南大《ちょうなんだい》」

と高麗人が本名を告げた。

「参れ」

空也の誘いに乗った高麗人が鉾を突き立てて攻めに出た。

長南大は高麗人剣術家特有の、激しくも粘り強く多彩な技と素早い変化で間断なく攻めてきた。

　空也とて必死で防がねばならぬほどの攻めだった。

一瞬の弛緩《しかん》も隙もなかった。

棒で鉾の迅速巧妙な突きや払いを受けながら、空也は瞬時不安を抱いた。

麻衣もまた、空也が酒匂太郎兵衛から受けた刀傷とそのあと意識不明で二月ほども寝込んでいたことで空也の体が万全ではないことを案じて、高麗人の攻めに耐えられるだろうかと懸念した。

実際、高麗人の鉾に空也は攻め込まれていた。

「空也さん、あなたは坂崎磐音の嫡子なのよ。薩摩の修行にも耐えた武芸者よ」

　と麻衣が鼓舞した。

「おお」

　と答えた空也だが、高麗人長南大の鉾の刃が鋭くも空也の胸や腹に迫ってきて、辛くも躱した。

　長い戦いになるならば空也に不利になると麻衣は思った。

　そのとき、ソーザ侯爵の屋敷へとイギリス東インド会社の警護兵と長崎の交易船の面々からなる戦闘団が堀や陸上から入り込んだ気配がした。

一瞬、長南大は鉾の攻めを止め、侵入者の正体を確かめようとした。

その瞬間を空也は見逃さなかった。

「長南大、もはや、蕃族の運命《さだめ》は決まった。腰の薩摩拵えの刀とわが刀で最後の決着をつけぬか」

空也は鉾の攻めに傷だらけになった棒を捨てた。

長南大もまた鉾を捨て、薩摩拵えの長剣を易々と抜き上げると左蜻蛉に構えた。

（そうか、長は左利きか）

と空也は得心した。

高麗人は薩摩剣法を承知していた。それも見事な構えだった。だが、長南大の構えは鹿児島の東郷示現流や薬丸新蔵の野太刀流のそれとは違っていた。

「そうか、そのほう、琉球で薩摩剣法を学んだか」

空也も右蜻蛉においた。

こんどは高麗人が驚きを見せた。

「それがしの薩摩剣法は朋友薬丸新蔵どの仕込みの野太刀流じゃ。琉球流の薩摩剣法と、どれほど違うものか。いざ、尋常勝負じゃ」

「よかろう」

と相手が応じた。

空也は、

（捨ててこそ）

と武者修行を始めたばかりの空也の背に遊行僧《ゆぎようそう》がかけた無言の教えを思い出していた。

生と死を超越した空也と長南大の対決に、飛び込んできたイギリス東インド会社と長崎の交易船団の警護隊が眼を止めた。

右蜻蛉と左蜻蛉の構えは微動もしなかった。

上海のイギリス東インド会社の警護兵も長崎の交易船団の者たちも初めて接する薩摩剣法だった。そして、王黒石ことソーザ侯爵も蕃族一味も言葉もなく、その戦いが一撃必殺で決まると感じていた。

黄浦江から朝の光がふたりの長い対決を浮かび上がらせた。

空也はすでに力を使い果たしていた。

微かに息が弾んでいた。

だが、修行者の意地が右蜻蛉を保持させていた。

長南大は、空也の弾む息を感じて勝ちを意識した。

次の瞬間、鍛え上げられた長南大の五体が背を丸めて、薩摩拵えの長剣が不動の空也の脳天に叩きつけられてきた。

(空也、受けるのよ)

と麻衣が無言の命《めい》を与えた。

左蜻蛉の刃が空也の左首筋に落ちようとした。その瞬間、空也の右蜻蛉の盛光が光となって長南大の脳天に吸い込まれた。覚悟の、

「後の先」

が決まった。

長南大はしばし立ち竦んでいたが、ゆっくりと崩れ落ちていった。そして、空也も片膝をついて気を失いかけていた。

「嗚呼ー」

と呻いたのは上海を闇《やみ》から支配してきたフェルナン・デ・ソーザ侯爵だった。

広大な前庭をイギリス東インド会社の所有砲艦の警護兵の面々が埋め、剣付きマスケット銃の狙いをつけてソーザ侯爵に迫ってきた。

ソーザ侯爵は脇下から短銃を出すと、銃口を口に咥《くわ》えようとした。

空也が覚醒したのはその瞬間だ。

寅吉の万能包丁を木鞘から抜くと、ソーザ侯爵に向かって投げた。その万能包丁の刃先がソーザ侯爵の右手の甲に見事に突き立ち、銃声が無益に響き渡った。銃弾が虚空に飛び、ポルトガル貴族の手から短銃が落ちて足元に転がった。

空也はゆっくりと両膝をつき、長南大の骸《むくろ》に両手を合わせて合掌した。そして、胸のなかで、

（六番勝負）

と呟いていた。

終章

一月後《ひとつき》、坂崎空也は見慣れた福江島《ふくえじま》から遠のいていく長崎交易船団三隻を馴染みの肥後丸《ひごまる》の甲板から見ていた。

上海の交易にて望みの武器を調達した船団は、長崎に向かう前に福江島に立ち寄るという。上海で仕入れた交易品の一部を載せて京《きょう》へと運ぶという和船は、なんと八代の船問屋や人吉藩《ひとよし》と関わりの深い肥後丸だった。

それを見た空也は、麻衣と寅吉を肥前丸の甲板に呼んで、

「麻衣さん、寅吉どの、それがしの西国での武者修行は終わりました。それがし、肥後丸に乗せてもらい、次なる修行の地に向かいます」

と告げた。

いっしょに長崎に帰る心づもりだったふたりは、しばし無言だったが、

「空也さん、運命（さだめ）なのね」

と麻衣が悔いの想いが籠った言葉で応じた。

「はい。坂崎空也、上海に行ったのも運命なら、長崎に戻らず新たな地に修行に出るのも運命です」

「致し方ないわ、寅吉さん」

と麻衣が寅吉に言った。

「わしが長崎を去るのが先と考えておったがな」

と寅吉もなんとも残念という顔で心残りの言葉を告げた。

「空也さん、グレン・スチュワート氏からそなたに感謝の品を数々もたされているわ。その品は、長崎から江戸へと向かう御用船に載せて尚武館に送るわね。むろん眉月様への贈り物もあるのよ。アンナの命を助けてくれたのが空也さんだということをスチュワート氏はとくと承知よ」

「江戸に戻った折りにそれがし、スチュワートどのの贈り物を見ることになりましょう」

と空也は言った。

だが、空也は麻衣に相談し、母と、睦月の祝言祝い、そして眉月、三人への品はあらかじめ決めてあった。

「麻衣さん、上海からの航海中、両親や眉月様に文を書きました。まさか福江島に肥後丸が待っているとは想像もしませんでした。文も長崎から江戸へ送ってくだされ」

と船室から幾通もの文を麻衣に預けたのだ。

長崎の交易船団の船影が海の向こうに消えていた。


「えらい怪我ば負ったと聞いたが、なんも変わらんごたるな、坂崎空也さんや」

と操舵場から主船頭の奈良尾《ならお》の治助《じすけ》が空也の背に声をかけた。

「変わりませんか。ともかく生き残っておりまする」

「あんたら、出島のオランダ館や長崎会所の交易船団でどこに行ってきたとな」

「さあて、どこでしょうね。肥後丸の船倉に荷が積んでありませんか。あれを見れば、治助さんならば分かるのではありませんか」

「空也さんや、和国の港ならどぎゃんところもいくたい。ばってん、肥後丸は異国には行ききらんと」

「それがしも異国は行ききらんとです」

と応じた空也が、

「治助さん、それがしをどこへ連れていってくれるとですか」

「異国は好《す》かんたい」

「九国《くこく》はもうようございます」

「さあて、どこで下ろそかね」

と治助が遠い空を見る眼差しで、肥後丸の次なる停泊地は空也の希望に添うと決めた。

寛政十一年仲夏《ちゅうか》のことだった。

あとがき

写真家兼物書きになって四十数年、初期の二十数年はコクヨの四百字詰原稿用紙に万年筆でガシガシと下手くそな字で書いていた。字を間違えると切り貼りするゆえ、手は糊《のり》と修正液でいつも汚れていた。むろん専用の机などなく座卓を利用して筆圧強く書くものだから、首痛腰痛につねに見舞われた。

そんな私をみて娘がワープロを勧めた。一行二十字ていどの初期のワープロ専用機（若い人は知らないだろうな）だ。

コナン・ドイルなど外国人作家が常用したタイプライターの重厚にして機能美を兼ね備えた筆記用具に比べ、チャチな感じで毛嫌いした。

パソコンのワープロ・ソフトを常用するようになったのは、九〇年代前半ごろか、ミステリーや冒険小説やエッセイを三十数冊刊行している。この時代、見事なまでの初版作家だったが、粗雑ながら自己流のワープロ技術をこの時期に覚えたのだろう。最後の現代もの小説は九八年刊行のミステリー『ダブルシティ』か。

文庫書下ろし時代小説に転じて（いや、転じざるを得なかったのです）二十数年で三百冊近くのワープロ書きの小説を世に送り出した。ワープロ・ソフトがなければ、この数字はありえない。ワープロが内容まで高めてくれると、「大作家」になったのだろうが夢のまた夢、贅沢はいうまい。

さて「空也十番勝負」を五番で中断したのは、どこかで物書きとして老いを感じたせいだろう。そのくせ三年あまり間をおいて、「空也十番勝負」シリーズを書きつづけようと思ったのは、せっかちながら律儀な筆者の性格のゆえだ。

どこをとっても「大作家」の風格はなし、とくと当人自覚しています。

空也の武者修行が長崎で中断したのは、薩摩示現流の高弟酒匂一族の最後の武芸者酒匂太郎兵衛との相打ちで瀕死の重傷を負ったからだ。

空也にとって運がいいのか、筆者に都合がいいのか。出島で異人医師の手術を受けた空也が平常に帰したとき、御礼代わりに異人さんの「抜け荷」の手伝いをなし、世間には表社会と裏社会があることを知ることになる。

そんなわけで六番勝負の舞台は、異国にまで広がったのです。

筆者の現代もの時代ものを問わず、長崎と上海が舞台としてしばしば登場する。江戸時代、異国への窓口が長崎であり、長崎と交流の深い都市が上海だ。ふたつの都市にはいくつもの共通する魅力があるが、やはり片方は内海に面した交易港、もう一方は異国船が出入りする国際都市という点であろうか。

私、なぜか江戸時代の長崎が大好き、そして近世の上海に魅了される。

武者修行者の坂崎空也の復活劇は、長崎と上海を舞台にどのように展開されるか。

ただ今の中国から窺いもしれないイギリス東インド会社に支配された上海の光と闇が、若い武者修行者空也のメンタリティにどう影響するか。

読者諸氏、父の坂崎磐音とは違った武芸者の道を歩む空也をどうか温かく見守ってください。

二〇二一年十一月　熱海にて　佐伯泰英

文春文庫

異《い》変《へん》ありや
空也《くうや》十番勝負《じゅうばんしょうぶ》（六）

定価はカバーに表示してあります

2022年1月10日　第1刷

著　者　佐伯《さえき》泰英《やすひで》
発行者　花田朋子
発行所　株式会社　文藝春秋

東京都千代田区紀尾井町 3-23　〒102-8008
TEL　03・3265・1211㈹
文藝春秋ホームページ　http://www.bunshun.co.jp

落丁、乱丁本は、お手数ですが小社製作部宛お送り下さい。送料小社負担でお取替致します。

印刷製本・凸版印刷
Printed in Japan
ISBN978-4-16-791808-8